准教授と依存症の彼

花丸文庫BLACK

四ノ宮 慶

准教授と依存症の彼

もくじ

イラスト／奈良《なら》千春《ちはる》

【一】


──お腹《なか》、減ったな。

ふわふわの綿菓子みたいな満開の桜の花の下、僕は溜息《ためいき》を吐《つ》いた。

気乗りしないまま迎えた大学生活初日、なんとか無事に入学式とその後のガイダンスを終えて、構内のあちこちで咲き誇《ほこ》る桜の花をぼんやり眺《なが》める。

「なあ、一緒に、飯《めし》食べに行かないか？」

不意に背後で聞こえた声が、自分に向けられたものだとは微塵《みじん》も思わなかった。

「……須藤《すどう》くん、聞こえてる？」

今度は女の子の声がして、僕はようやく気づく。

「あ」

振り返ると、男女取り混ぜた学生が四人、僕を囲むようにして立っていた。

「えっと、迷惑だったらごめんね。よかったら一緒にランチどうかな……って思って」

やたら唇をテカらせた女の子が言って、上目遣《うわめづか》いに微笑む。

僕は状況がよく分からなくて、首を傾《かし》げた。

「ほら、せっかく同じクラスになったんだし」

はにかんだ相手の表情を見て、やっと理解する。彼らは僕を誘ってくれているのだ。

「でも」

かすかに匂う香水に、胃が軋《きし》む。

「僕は……」

女は嫌い——という言葉を、咄嗟《とっさ》に呑《の》み込んだ。もう随分《ずいぶん》前のことだけれど、家政婦の林《はやし》さんの前で同じように言ったとき、恭平《きょうへい》にひどく叱《しか》られたからだ。

「恭平のところへ行ってからじゃないと、食べられないから」

「ああ、篠崎《しのざき》先生が後見人《こうけんにん》って話、本当なんだ？」

眼鏡をかけた長身の学生が、半歩前に踏み出して言った。

「恭平……知ってんの？」

「ああ。オレ、篠崎先生がいるから能見山《のみやま》大受けたんだ」

問い返した僕の顔を覗《のぞ》き込むようにして、学生がニコニコと笑う。

「じゃあ、亡くなった須藤名誉教授の養子って噂も、ホントなんだ？」

別の学生が質問を投げかけてくるのに、僕は小さく頷《うなず》いてみせた。

「へえ、そうなんだ」

気づくとまわりに人垣《ひとがき》ができていて、僕はまるで動物園のパンダになった気分になる。

「せっかくだし、詳《くわ》しい話聞かせろよ。式の最中からずっと須藤のこと気になってたんだ」

「朝からタイミング見計《みはか》らってたんだけど、なかなか声かけ辛《づら》くてさ」

口々に好き勝手言うのを、僕は黙って聞いていた。急にこんなにたくさんの人間に囲まれたことなんてなかったから、あちこちから話しかけられて気が変になりそうだ。

「あ、あのさ……っ」

息苦しさに耐え切れなくなった僕は、とうとう声をあげた。けれど、か細い声はあっさり無視されてしまう。

「とにかく、学食行こうぜ。そこでゆっくり自己紹介とかしてさ……」

眼鏡の学生が、いきなり僕の肩を抱く。

——あ。

不意に胸がざわついて、何故か恭平の顔が脳裏《のうり》に浮かんだ。

「ココの学食、結構美味いって評判なんだってよ」

「で、でも……っ」

強引な腕を擦《す》り抜けるようにして、声を振り絞る。

「……しないと、食べられないだろ？」

「えっ？」

みんなが一瞬にして眉《まゆ》を顰《ひそ》める。

「はぁ？　なんだって？」

誰かの声に、僕はバックパックの肩紐《かたひも》を握り締めて答えた。

「食べる前は、セックスしなきゃダメだろ」

そう言って学生たちの顔を見渡すと、困ったような驚いたような、変な顔をしていた。

「それ、マジで言ってんの？」

眼鏡の学生が肩から腕を解《ほど》き、そろりと半歩後《あと》じさって言う。さっきまで鬱陶《うっとう》しいくらい馴れ馴れしかったのに、今、僕を見る彼の目は、パンダじゃなくて化け物を見るような目をしていた。

僕は、知っている。

この目は、僕が恭平と出会う前にいた施設の人と同じ目だ。

僕にひどいことばかりした人たちと同じ目で、みんなが僕を見てる。

「お前……おかしいよ」

ほら、やっぱり。

何故だか恭平以外の人はみんな、口を揃《そろ》えて僕のことを変だと言う。

おかしい、変だ、病気だって言って、僕を虐《いじ》める。ひどい仕打ちをする。

「おかしくなんか……ない」

いくつもの冷たい視線が、僕の心を容赦《ようしゃ》なく突き刺した。

――常識だって、教えてもらったんだ。それに、恭平だって……。

虚《むな》しさと悲しさと、それから口惜《くや》しさが、僕の身体中で渦《うず》を巻く。

「……ねえ、もう行こうよ」

沈黙を破ったのは、女の子の棘《とげ》のある声だった。

「ああ……」

数人が、ホッとしたような声で頷く。

立ち尽くす僕のまわりから徐々に人垣が消えていき、やがてヒソヒソと話す声も聞こえなくなった。

煩《わずら》わしい喧騒《けんそう》が消え去った途端《とたん》、僕は再び空腹を意識した。

「お腹、減ったな……」

ひとり呟《つぶや》いて、優しい恭平の顔を思い出す。

恭平はこの大学の名誉教授だったお養父《とう》さんの教え子で、お養父さんが亡くなった後も後見人として僕の面倒をみてくれている人だ。

はやく、恭平のところへ行かなくちゃ――。

嫌な気持ちを振り払うように、僕は桜の花弁が舞う構内を一目散《いちもくさん》に駆け抜けた。

「はっ、はぁっ……」

中庭を抜けて、北の端にある研究棟を目指す。

文学部の研究棟の七階の一番東端の部屋が、この能見山大学文学部で近現代国文学を教えている恭平の研究室だ。

『何かあったら、研究室にいるから』

今朝、入学式に向かう僕に、恭平はいつもと変わらない微笑みを浮かべて言ってくれた。

「恭平っ！」

ノックもしないでドア開けると、すかさず低く張りのある声が飛んでくる。

「どうしたんだ」

天井まで届く書棚《しょだな》に囲まれた研究室は、中央のスペースに安っぽいソファとローテーブルが置かれていた。その奥の南向きの窓の前に恭平の机があった。

「恭平、お腹空《す》いた……っ」

窓を背にして机に向かう恭平の姿を認めると、いよいよ僕は我慢できなくなった。感情が一気に高まって、涙がぽろりと零《こぼ》れて落ちる。

「舜《しゅん》、大学では先生と呼ぶように言っただろう？」

恭平が少し怒ったような声で言ったけれど、耳を貸さない。

だって、お腹が減って仕方がなかった。それに、学生たちに言われたことや蔑《さげす》むような視線が、僕の胸の奥にぐさりと突き刺さったままで苦しくて堪《たま》らない。

「恭平……っ、きょう……へぇっ」

僕はパタパタと駆け寄ると、椅子に腰かけた恭平の背中を背もたれごと抱き締める。

「舜、落ち着きなさい」

恭平はペンを置いて、僕の頭をそっと撫《な》でてくれた。

「きょうへ……」

甘えてしがみつき、癖《くせ》のある黒髪を整えている整髪料の匂いを思いきり吸い込む。

「何か、あったのか？」

優しく問いかけながら、恭平は指の背で僕の頬《ほお》を伝う涙を拭《ぬぐ》ってくれた。

「あ……」

それだけで、胸の圧迫感が和《やわ》らいだ。スーツの肩に顎《あご》をのせ、恭平の形のいい耳をうっとりと見つめる。そして、ほんの数分前の出来事を恭平に話した。

「みんな……僕が変だって言った。恭平が友だちをつくれって言ったから……我慢して話もしたのに……っ」

窓と入口のドア以外壁一面を覆《おお》い尽《つ》くす書棚には、恭平が何年もかけて集めた近現代文学に関する貴重な書籍や雑誌が並んでいて、学生たちからは『篠崎図書館』なんて呼ばれているらしい。

「ごはん食べに行こうって、あっちから声かけてきたのに……」

嫌悪《けんお》の滲《にじ》んだ学生たちの瞳を思い出すと、どうしようもない孤独感に襲われた。

「恭平……セックス、して」

お腹が減ってどうしようもない。

気が急《せ》くあまり、僕は勝手に恭平のネクタイに指をかける。

「……舜」

すると、恭平がやけに大きな溜息を吐いた。僕の腕をそっと解くと、椅子をくるりと反転させて真正面から見つめて言う。

「落ち着きなさい。今日はこれから学部の会議があって、ゆっくり話をしていられない。今朝も話したとおり、お前は先に家に帰っていなさい」

「嫌だっ！　だって、恭平が言ったんじゃないか。困ったら研究室にいるからって……」

駄々っ子のように嫌々と首を振ると、僕を抱えたまま恭平が椅子から立ち上がった。そして、僕の薄っぺらい身体を窓の方へ押しやる。

「慣れないことばかりで戸惑うのは分かるが、いつまでもその調子では困る」

そのとき、デスクの上で恭平のスマートフォンがブルブルと震えた。

「ほら、舜。話は家で聞いてあげよう。会議が終わったら急いで帰るから」

僕を追い払うように言って、恭平はスマートフォンに急いで手を伸ばした。

「もしもし、お待たせしました。……ええ、すぐにそちらに向かいます」

切れ長の二重瞼《ふたえまぶた》をやや伏しがちにして、恭平が僕に目で「行きなさい」と告げる。

「……分かったよ」

ぼそりと言って、僕は渋々《しぶしぶ》研究室を後にした。

桜の花弁が舞い散る中、僕はとぼとぼと項垂《うなだ》れて家路を辿《たど》る。大学から家まではゆっくり歩いても十五分ほどの距離だ。

家に着くと、林さんがキッチンの方から「お帰りなさいませ」と言いながら出迎えてくれた。けれど僕は「ただいま」も言わず、逃げるように二階の自分の部屋へ駆け込んだ。

窓のカーテンを閉め切り、ベッドの中で丸くなってブランケットをすっぽり被《かぶ》ると、そこでようやく僕はささやかな安堵《あんど》を得ることができた。

「恭平の……バカ」

小さく独りごちて瞼を閉じる。お腹が減って仕方がなかったけれど、耐えられないほどじゃない。

やがて僕はゆっくりと、睡魔《すいま》に誘われるまま眠りに墜《お》ちていった。

「じゃあ、篠崎さん。私は失礼しますね」

すっかり眠り込んでいた僕の耳に、階下からの話し声が聞こえた。むくりと起き上がると、そっと部屋を出て下の様子を窺《うかが》う。

「今日は朝から無理ばかりお願いして、本当にすみませんでした」

玄関の方から聞こえてくるのは、恭平と家政婦の林さんの声だ。

「そんな、改まらないでください。篠崎さんこそ、明日からはもっとお忙しくなるんです。くれぐれも無理はなさらないで、私にできることでしたら遠慮なく言ってくださいね」

僕を引き取る前、お養父さん――須藤教授は恭平を含めた数人の学生を下宿させていた。林さんはその前からこの家で働いていて、恭平とも十年来の付き合いらしい。

二人の会話が途切れて、玄関のドアが閉じたのを確認してから、僕はそろりと階段を下りていった。

「恭平」

そして、半分あたりまで下りたところで、屈み込んで玄関ホールへ声をかける。

「なんだ、もうとっくに帰ってたんだ」

「ああ」

僕の問いかけにゆっくりと振り返りながら、恭平が少し困ったように笑った。研究室で顔を見たときにはスーツをきちっと着ていたけれど、今は柿渋色《かきしぶいろ》の長着に鉄紺色《てつこんいろ》の角帯《かくおび》を締めている。恭平は普段家ではだいたい和服を着て過ごす。

「なあ、舜。いつまで林さんを避けるつもりなんだ？　明日からは嫌でも同じ空間で女性とも過ごさなければいけないんだぞ」

奥二重の瞳を細めて、恭平が溜息を吐く。

「だって……」

物心ついた頃から、僕はどうにも女の人が苦手だ。はっきり言って恐怖さえ覚える。白い腕や甲高《かんだか》い声、何が気に障《さわ》ったのか分からないうちに、鬼のような形相になるのが理解できない。

それでもここ何年かで、その恐怖心も少しずつ薄らいでいた。林さんは僕が知っている他の女の人と違って、決してキーキーと叫んだりしない。いつもふわりとした穏《おだ》やかな雰囲気で接してくれるから、そう遠くない日にふつうに話せるような気がしている。

恭平が玄関の鍵をかけるのを見届けると、僕はようやく階段を下りて恭平のそばへ近づいていった。

「まあ、入学式も無事に終えられたし、少しはお前も成長しているんだろうが……」

袂《たもと》をそっと摘《つ》まんで項垂れた僕に、恭平が溜息交じりに言った。反対側の手で僕の髪を軽く撫で「そんな顔をするな」と慰《なぐさ》めてくれる。

――本当は、大学なんて行きたくない。

そう思ったとき、不意に昼間の光景が脳裏に甦《よみがえ》った。

「そうだ……」

学生たちに取り囲まれ「おかしい」と非難された口惜しさが沸々《ふつふつ》と沸《わ》き上がる。思いがけず受けた理不尽を訴えに行った僕を、恭平は家に帰っていろと追い返したのだ。

「さあ、舜。食事にしよう。お前の入学祝いだと言って、林さんが腕を奮《ふる》ってくれたんだ。それにその様子じゃ、昼も食べていないだろう」

まるで昼間のことを忘れた様子で、恭平が僕の肩を抱くようにしてダイニングへ向かう。

僕は着物の袖《そで》をツンツンと引っ張りながらくっついて歩いた。

「恭平、僕の話、聞いてくれるって言っただろ」

「……話？」

恭平が首を傾げる。僕は上目遣いに見つめたまま、大きく頷いた。

「セックスしなきゃ食べちゃいけないのが常識だろ？　なのにみんな、僕のことおかしいって言ったんだ」

白とアイボリーで色調を統一されたダイニングには、大きめのテーブルが置かれている。その上には恭平の言葉どおり、林さんが作ってくれた色とりどりの料理が並んでいた。

「恭平は大学に入ったら友だちもできて楽しくなるって言ったけど、いきなり馬鹿にするようなこと言われたし、女の人もいっぱいいるし、やっぱり僕……」

大学には行きたくない――と続けようとしたところで、ずっと黙っていた恭平が僕を胸に抱き込んだ。

「ちょっと……恭平？」

抗議と疑問の目を向けると、恭平がいつになく難しい顔をして僕を見下ろしていた。真っ黒で少し癖のある豊かな黒髪がはらりと額《ひたい》に落ちて影を作り、恭平の表情を余計に重苦しく感じさせる。

「帰ってきてからずっと寝ていたんだろう？　朝もほとんど食べずに出掛けたのに……」

恭平が低く掠《かす》れた声で耳許《みみもと》に囁く。

「あ……っ」

かさついた唇が耳朶《じだ》に触れただけで、僕は恭平に訴えたかったことをあっさりと手放してしまった。

代わりに、忘れていた空腹が僕の劣情を刺激する。

「話はちゃんと聞くから。……だが、先に食事をしよう。せっかくの料理が冷めてしまっては、林さんに申し訳ない」

そう言って、恭平が口付けをくれる。

「……うん」

僕は背伸びするようにして、恭平の唇を受け止めた。まるでそこだけが別の生き物のように動く恭平の舌に、自分から舌を絡《から》めて吸い上げる。

僕をしっかりと抱き支えたまま、恭平はゆっくりテーブルの方へ移動していった。その間も、唇だけでなく頬や鼻先にキスをくれる。

もどかしい愛撫《あいぶ》に肌が震え、それに呼応《こおう》するように胃が収縮した。空腹と快感が僕の身体の中で綱引きをしているようだ。

「きょぉ……平、は、やく……っ」

料理が冷めてしまう……なんて言ったくせに——。

なんだかいつもより焦《じ》れったく感じる愛撫に、僕は知らず股間《こかん》を恭平の腿《もも》に擦《こす》りつけた。

「んぁっ……は、はぁっ……あ、恭へ……い」

白熱灯に照らされた色とりどりの料理を後目《しりめ》に、恭平が僕の首筋に顔を埋《うず》める。

「舜」

セックスするとき、恭平はいつになく優しい。

箸《はし》の上げ下げや言葉遣いとか、普段はアレコレ口煩《うるさ》い恭平が、このときだけは胸が痛くなるくらい優しくなる。

「恭平、はやく……シて。お腹空いて、変になりそう」

コットンのシャツを恭平に脱がされながら、僕は食欲と性欲の狭間《はざま》で意識を危うくさせていく。

「分かっているから、少し我慢しなさい」

脱がした僕の服を丁寧《ていねい》に畳んで椅子に置き、恭平がにこりと微笑んだ。痩《や》せっぽちで、骨と皮ばかりの僕を軽々と抱き上げて、ダイニングテーブルの端に腰かけさせる。いつもだったら「行儀《ぎょうぎ》が悪い」ときつく叱られる行為も、セックスのときだけは例外らしい。

「大学入学、本当におめでとう」

恭平がまっすぐ見つめて言った。そして、僕の少し色素の薄い髪を静かに撫で梳《す》く。深爪《ふかづめ》の指先が耳朶から頬骨を辿っていく感触に、中途半端に勃起《ぼっき》したペニスが硬くなっていく。

「も……そんなの、いいからっ」

ぶるりと頬を痙攣《けいれん》させて、僕は恭平の着物の襟《えり》を引っ張った。

「ちゃんと……抱いてっ」

裸で料理と一緒に並べられて、まさしく僕は恭平に食べられようとしている。

「ああ、焦《あせ》らないでも、分かっているから」

両手で頬を包み込まれ、顔を上向《うわむ》けられた。

「愛しているよ、舜」

再び唇が重なる直前、恭平がいつもの台詞《せりふ》を囁いた。

「……ん」

キス、というものを知ったのは、この家に引き取られてからだ。それまで僕は一度もキスをしたことがなかったから、はじめて恭平にされたときはひどく驚いた。

けれど、唇が触れ合うときの弾力を、僕はすぐに気に入った。

「あいしてる」

恭平が小鳥みたいに何度も僕の唇を啄《ついば》んでは、同じ台詞を繰り返す。骨の浮いた肩をきつく抱き締められながら、僕はもうすっかり耳に馴染《なじ》んだ言葉をぼんやり聞いていた。

恭平がくれるキスは心地がいいけれど、僕が今一番欲しいものは別にある。食欲に刺激された胃はきゅうきゅうと絞り上げられるように痛んで、快感を求める身体は中途半端な愛撫じゃ物足りないと焦れるばかり。

「もぉ……いいから、ちゃんとシてって言ってる……だろっ」

背骨をそろそろ撫でながら、しつこくキスを繰り返す恭平に、僕は上擦《うわず》った声で訴えた。

「……仕方がないな」

掠れ声で恭平が小さく言って、頬を僕の頬に押しつける。

「だってもう、本当にお腹が減って……死にそうだよ」

唇を尖《とが》らせると、恭平は頬擦りをやめて僕をじっと見つめた。

「ああ」

熱っぽく潤《うる》んだ瞳がいつもと違った色を帯び、切なげに揺れている。

——恭平？

悲しそうで、それでいて優しく微笑んでいるような表情に、僕は言葉にできない不安を覚えた。

けれど、僕の限界まで勃《た》ち上がったペニスを恭平の大きな手で包まれた瞬間、胸に過《よぎ》った不安は一瞬で掻《か》き消えてしまった。

「き、恭平っ……」

ダイニングテーブルの上で、僕はみっともなく喘《あえ》ぎを漏らす。

恭平の器用な手が、僕の細身のペニスをしっかりと包み込んでゆるゆると上下に扱《しご》くたび、なんとも言えない快感が背筋を走り抜けた。

「い、や……あぁっ、はぁ……ンッ」

「そうだ、もっと感じていいから」

僕の頬や顳顬《こめかみ》に口付けながら、恭平が吐息交じりに囁き続ける。鼓膜に注がれる低い声に、脳みそが溶かされていくようだ。

「ふぁっ……あ、あぁっ！　恭平っ……だめ、もう……っ」

僕のペニスはすぐにびしょびしょに濡れてしまった。恭平の手が上下するリズムに合わせてくちゅくちゅといやらしい音が漏れ聞こえ、それが余計に僕を煽《あお》り立てる。

「達《い》ってしまって構わない。何度でも、今夜はお前が欲しいだけ……抱いてやるから……」

「あっ、あっ……！　や、あぁっ……」

ペニスを扱く手の動きが速くなって、まともに恭平の言葉を理解できなくなる。爪先からジンジンと痺《しび》れるような熱が広がり、もう、すぐにでも射精してしまいそうだ。

「恭平っ……あ、イク、……もうイッちゃ……ぅ」

ぶるっと全身が大きく震えて、僕は叫ぶと同時に絶頂を迎えた。

勢いよく吐き出された精液を、恭平が掌《てのひら》で受け止めてくれる。

「あ、はぁ……、はぁ……はぁっ」

くたりと脱力する僕を恭平がしっかりと抱き支えてくれた。そしてまた、優しいキスをくれる。

「気持ちよかったか？」

静かに問いながら、恭平が僕の膝《ひざ》を抱え上げた。

「……ん」

僕は頷き、次の行為を待ち侘《わ》びた。

「でも、まだ……」

絶頂の余韻《よいん》に浸《ひた》りながらも、僕は正直にこれじゃ足りないと恭平を促《うなが》す。

「分かっているから。お前はただ。俺を感じていればいいんだ、舜……」

右の足をテーブルの上に載せて、股間ばかりかその奥まで曝《さら》け出す僕に、恭平がひどく悲しげな顔で言った。

「恭……平？」

やっぱり今日の恭平は様子がおかしい。

優しい触れ方はいつもと同じ――ううん、いつも以上に優しい。それなのに、声のトーンや瞳の色、顔に滲む表情に違和感が拭えない。

「んっ」

「じっとして」

僕の精液で濡れた指で、恭平がお尻の奥を探り始めた。

「あ、あぁ……」

何度も繰り返されてきた行為に身体が勝手に反応する。腹を丸めて腰を突き出し、両脚を大きく広げて息を吐く。

「はっ……ん、んぁ……あぁっ」

不安定な体勢に、僕は自然に両腕を伸ばした。恭平の肩に腕をまわしてお尻を浮かせ、もっと奥まで掻き混ぜて欲しいと腰を揺すってみせる。

「きょ……うへい、早くっ……」

指なんかじゃ到底足りるはずもなく、僕は「早く、早く」とひたすら急かした。

けれど恭平はまるで意地悪するみたいに、指を増やしはしてもなかなか僕にペニスを挿《い》れようとしない。

「ご……はん、冷めるって言……ったの、恭へ……ぃだろっ！」

裸で喘ぐ僕のすぐそばには、林さんお手製のちらし寿司の皿があった。

「シてくれないと……食べ……られなっ……」

恭平の指は的確に僕の弱い部分を刺激する。射精したばかりのペニスが再び勃起して、股の間でピクピクと震えた。

「お前は……」

「……え？」

上目遣いに窺う僕を、恭平が見たことのない表情で見下ろしていた。理知的な眉間《みけん》に深々とした皺《しわ》を刻み、怒ったような、それでいて泣き出しそうな顔できゅっと唇を噛み締めている。

「な、に……？」

何か言いたげな様子に問いかけようとした途端、いきなり恭平がお尻から指を引き抜いた。そして、着物の裾を捲《まく》り上げると、乱暴に僕の腰を引き寄せる。

「ん――っ！」

息つく間もなく、散々に解《ほぐ》された狭間に熱い塊《かたまり》が押しつけられた。

「クッ……」

恭平が上擦った声を噛み殺すのと同時に、テーブルがガタンと揺れて皿がぶつかる。

「や、あぁ……っ！　ンんっ……くぁっ」

いつになく激しい挿入《そうにゅう》だった。さっきまで焦れったいほどに優しかった手や指が、僕の身体を責め苛《さいな》む。

「きょぉ……平っ、やあぁ……んあっ……ああ……あっ」

あまりの激しさに身体が後ろに倒れそうになる。すぐ後ろには食器やグラスが並んでいて、僕は懸命に恭平の身体にしがみついた。

「ハッ……ハァッ。……舜っ」

すぐそばで恭平のくぐもった声が聞こえる。優しく囁きかけるでも宥《なだ》めるでもない、聞いたことのない余裕のない声だ。

「ンッ……ふぁっ、ンン……ッア！」

今まで経験したことのないリズムを刻む律動に、僕は一気に絶頂へと連れ去られる。

「舜っ……」

いつもは僕ばかり何度も達かせる恭平が、歯を食いしばり絶頂を堪《こら》えているのが繋《つな》がった部分から伝わってきた。

「アッ、アァ……ッ！」

性急なセックスに違和感を覚えつつも、鮮烈な快感に流されるまま頂《いただ》きへ昇り詰める。

肉の少ない僕の尻に、恭平の指が深く食い込む。

「……愛しているよ、舜」

「――――ッ！」

二度目の絶頂の瞬間、僕は目も眩《くら》むような快感に呑み込まれながらふと思った。

愛してるって恭平はいつも言うけれど、それっていったいなんの意味があるんだろう。


シャワーを浴びて濡れたままの身体で、僕は廊下に腹這《はらば》いになって鉛筆を走らせる。

身体の中に生まれたドロドロしたものが、鉛筆の先から原稿用紙の上に流れ出ては文字になる。

セックスをして興奮すると、僕の中で曖昧《あいまい》だったものが鮮やかな風景となって頭に浮かぶのだ。

僕はただ、それをそのまま紙に書くだけ。

浮かぶまま、相応《ふさわ》しい言葉を、左手が勝手に書いてくれる。

あれこれ悩んだり考えたりなんかしない。

それは……そう、息を吸って吐くような、自然の摂理《せつり》に似ている。

セックスをして気持ちよくなったら精液が出るように、僕は詩を吐き出すのだ。

射精した後のふわふわした倦怠感《けんたいかん》を、僕は幼い頃からずっと持て余して生きてきた。仄《ほの》暗い部屋の中に蹲《うずくま》り、胃もたれしたような不快感を抱えたままただじっと我慢して、空腹に意識が囚《とら》われるまでひたすら待って……。

お腹に溜まった気持ち悪いものを、詩という形にして吐き出す術《すべ》を教えてくれたのは、亡くなったお養父さんと恭平だ。

『……舜』

どこか遠くで、僕を呼ぶ声がする。

それでも僕は、まだ詩の世界に浸っていたい。

セックスの余韻を、味わっていたい。

だって、まだ鉛筆は動いてる。

詩が、まだまだ溢《あふ》れ出てくる。

全部吐き出さないと、僕は一歩たりとも動けない。

「おい、舜！」

大きな声と同時に、頭を小突かれた。

「……あっ」

はずみで、最後のひと文字が歪《ゆが》んでしまう。

「ひどいよ、恭平。歪んだじゃないか」

僕は歪んだ文字を鉛筆でグリグリと塗り潰し、その横に『た』と書いた。

恭平がちゃんと最後までセックスしてくれたのは三日ぶりで、僕はその間に溜まっていた澱《おり》をようやく吐き出せてすっきりした。

「風呂からあがったらしっかり身体を拭いて服を着ろと、いつも言ってるだろう」

「書いてるときは、他のことどうでもよくなるんだから、仕方ないだろ」

「俺は詩人じゃないからな。理論的に説明してくれないと、お前の創作時の精神状態までは理解できない」

「そんな小難《こむずか》しく考えることじゃないと思うけど」

「小難しく考えて読み解き、論文を書くのが俺の仕事だ」

恭平は少しムッとした様子で、僕を見下ろして言った。

「それで、書き終えたのか？」

「うん。なんかずっとお腹の中に溜まってたから、枚数ばっかりかさばったけど」

廊下に散らばった原稿用紙を見やって、恭平が苦笑を浮かべる。

「後でまとめるのが大変そうだ」

「前にそう言ってたから、今日はちゃんと番号書いた。合ってるかは分からないけどね」

のそりと立ち上がって言うと、恭平がわざとらしく溜息を吐く。

「そんなところに気をまわさなくていいんだぞ。お前の詩を読むのは、俺にとっては有意義で幸せな時間なんだから」

恭平が足許に落ちていた一枚を拾い上げてにこりと笑った。

僕の詩を最初に褒《ほ》めてくれたのは恭平だ。

あんなもののどこがいいのか、僕にはまったく分からないけれど、恭平が幸せだと笑うから、そんなものなのかなと思う。

「それより食事だ。これ以上遅くなったら、林さんに本当に申し訳が立たないし、罰《ばち》が当たってしまう」

恭平から渡された部屋着を頭から被りながら、僕は「うん、お腹減った」と頷いた。


冷めてしまった料理をあたため直し、食事を終えて箸を置いたときだった。

「飲みなさい。熱いから、気をつけて」

恭平が大きめのマグカップを僕に差し出した。

テーブルに並んだ料理を、僕はほんのひと口ずつしか食べられなかった。

そんな僕のために、恭平はいつもホットココアを淹《い》れてくれる。

「ん」

マグカップを両手で包み込むように持つと、フーフーと息を吹きかけて口をつけた。舌に絡みつくような甘さが、詩を吐き出してすっきりした身体にじんわりと染《し》みていく。

ココアは僕が唯一《ゆいいつ》、心から美味しいと判断できる飲み物だった。

他の何を食べても、何を飲んでも、甘いかしょっぱいかの判断はできても、美味しいか不味いかが僕には少しも分からない。

「美味いかい？」

向かいの椅子に腰を下ろして恭平が訊《たず》ねる。

「うん。恭平が淹れてくれるココアはいつも特別な味がする」

「そうか？　ただのインスタントだけどな」

出掛けた先のお店で飲むココアとはまったく違うように思うのに、恭平は僕の勝手な思い込みだと笑うのだ。

「それで、昼間の話だがな、舜」

ココアをほとんど飲み終えたところで、恭平がおもむろに口を開いた。

「ん？」

両手でマグカップを持ったまま、僕は上目遣いに見返す。

「他の学生に、変だと……おかしいと言われたと言っていただろう？」

恭平に言われて、親しげに声をかけてきた学生たちが僕のひと言で一瞬にして態度を変えたことを思い出した。

『それ、マジで言ってんの？』

『お前……おかしいよ』

あたたかいココアを飲んで落ち着いたはずの胃の底が、キリキリと痛む。

「おかしくなんかないよね。今までずっとそうしてきたし、恭平だって僕のこと変だなんて言わなかっただろ？」

今までにも同じようなことがあったけれど、僕を変だと言う人たちは決まってひどいことをした。恭平だけが僕をそんなふうに言わなかったし、僕に優しくしてくれたのだ。

「みんなの方が、おかしいんだよ」

マグカップの底に残るココアを見つめて、僕は独りごちた。

「舜、よく聞きなさい」

穏やかな微笑みをたたえた表情とは裏腹に、恭平がどことなく苦しげな声で僕を呼ぶ。

「なに？」

問いながら胸騒ぎを覚えた。

「人は……」

恭平が僕としっかりと視線を合わせて言う。

「食べるために、セックスはしないんだ」

「え――」

僕は危うく、手にしたマグカップを取り落としそうになった。

「何……言ってんの。恭平」

びっくりして頬が引き攣《つ》り、マグカップを持つ手がガチガチ震え始める。まさか恭平にまで、こんなことを言われるなんて思ってもいなかった。

「だ……だって、恭平はいつも……おかしくないって言ってたじゃないかっ。僕とセックスしてくれて、ずっとごはんを食べさせてくれてただろっ……」

青天の霹靂《へきれき》――という言葉を、今ほど身に染みて実感したことはない。本当に雷に打たれたような衝撃に感情が昂《たか》ぶり、一瞬で瞳に涙が溢れた。

潤んだ瞳に映る恭平が、まるで鬼か悪魔のようにすら思えてくる。

それではいったい、今まで繰り返してきたセックスは、僕に与えてくれた優しさは、なんだったのだろう。

「う……嘘吐きっ！」

ひどくショックで、僕は思わずマグカップを恭平に向かって投げつけた。

緩く弧を描いて飛んだマグカップを、恭平が容易《たやす》く受け止める。そして、底に少しだけ残っていたココアが零《こぼ》れて手や着物を汚すのも構わず続けて言った。

「お前を死なせないために、須藤教授から頼まれたんだ」

僕ははじめて恭平と出会った頃の記憶を手繰《たぐ》り寄せる。

ママがいなくなって、それから僕は《お兄ちゃん》と暮らしていた。けれどある日、突然が知らない人がやってきて、僕は施設に連れて行かれたのだ。

施設は僕にとって地獄と同じようなところだったのだけど、そこから助け出してくれたのが、須藤先生——お養父さんだ。

お養父さんはとても優しかったけど、やっぱり僕のことを変だと言った。

誰もが僕を持て余す中、恭平だけが手を差し伸べてくれたのだ。

「最初に、間違ってしまったのかもしれない」

恭平が切なげに目を伏せる。悲しそうな表情を見ていると、不思議と僕まで辛い気分になった。

「恭平……？」

不安に駆られて呼びかけると、恭平が視線を上げて僕を見る。その表情にはなんの感情も浮かんでいない。

「なあ、舜」

恭平が見知らぬ他人のように思えた。ちゃんと僕を映しているはずの瞳に、何故だか僕は映っていないような気持ちになる。

「お前は、どうしてセックスするんだ？」

「だって……それが常識だって、お兄ちゃんが教えてくれた」

あんまり馬鹿みたいなことを聞くから、余計に腹が立つ。

「では、俺も《その男》と同じなのか？」

「――え？」

一瞬、何を訊《き》かれているのか分からなくて、僕は眉を寄せて首を傾げた。

「食べるために俺に抱かれていただけか、舜？」

問い重ねる声が、小さく震えているように聞こえるのは、僕の気のせいだろうか。

恭平は僕をまっすぐ見つめて唇を固く引き結び、黙ってしまう。僕が答えるまで待つつもりなんだろうか。

「……だって、分からないよ。恭平」

分からない。そんなこと、考えたこともない。

ごはんを食べるためにはセックスしなくちゃいけない――それが当然だったのだ。

「舜」

答えを待ち切れなくなったのか、恭平に再び訊ねられる。

「俺は、お前のなんだ？」

「……えっと、後見人？」

お養父さんの遺言《ゆいごん》で、恭平は僕の後見人となった。恭平がいてくれたおかげで、僕はこうやって大学にも入れて、外の世界で生きている。

「ああ、そうだな」

恭平の顔が苦しげに歪む。

「だからだ、舜」

僕はどうしてだか、恭平から目が離せなかった。

だって、今にも泣き出しそうな顔をしている。

「……確かに、須藤教授にお前のことを頼むと言われて後見人を引き受けた。お前をまっとうな人間に育て上げ、その才能を世に広く知らしめるためにな」

恭平が話を続けながら台拭きに手を伸ばし、飛び散ったココアを手早く拭い始めた。

「舜、思い出してごらん。教授がお前に向けて仰《おっしゃ》った言葉を――」

もう亡くなってしまったお養父さんの顔を、僕はぼんやりと思い浮かべる。

『きみは、これからたくさんのことを学ぶんだ。きみには未来があり、可能性がある。……どうだい舜くん、おじさんの家の子にならないか？』

忘れた訳じゃないし、お養父さんを嫌いになった訳でもない。

けれど……今の状況は、決して僕が望んだ未来じゃないような気がする。

――と言っても、僕は未来を望んだことなんか一度もないのだけれど。

「須藤教授はお前をひとりの人間として、立派に育てることに残り少ない人生を捧《ささ》げてこられた。舜……勉強は楽しかっただろう？　知らないことを学び、身につけ、世界が広がることはお前にとっても嬉しいことだったんじゃないのか？　だからこそ、お前は驚異的な早さで修学し、施設を出てたった一年で高卒認定試験にも合格できた」

僕は茫然《ぼうぜん》としつつ、恭平の話を聞いていた。

確かに、須藤の家の子になって、恭平から勉強を教わるのは楽しかった。字を書くことさえできなかった僕が、こうして大学に入れたのも恭平やお養父さんのお陰だと思う。

けれど……決して僕が望んだことじゃない。

「昨年末に出したお前の処女詩集もベストセラーとなって、第二詩集の話も進んでいる」

引き取られて間もない頃、僕は自分の感情を上手く表に出せない子供だった。文章を書くことを学び始めたとき、恭平が「心に思い浮かんだまま、なんでもいいから書いてごらん」と言ってくれたのが、詩を書き始めたきっかけだ。

何も考えず思い浮かぶままに綴《つづ》った散文を見て、恭平とお養父さんがひどく興奮していたのを今でも覚えている。

そうして僕は、食事の前のセックスの余韻の中、ずっと胸に閊《つか》えていた澱みたいな何かを、詩という形で吐き出すようになった。

詩は止めどなく溢れ、いつの間にか数百篇《べん》にもなった。

そうやって溜まっていった詩をまとめた詩集が、昨年発行されたのだ。

僕の詩集を世に出す――。

それは、亡くなったお養父さんの遺言だった。大学への進学もそうだ。

「なあ、舜」

　思い出をつらつらと辿っていた僕の意識を、恭平が引き摺り戻す。

「詩集を出し、大学へも入った。今までは限られた環境の中でだけ過ごしてきたが、これからはそうはいかない。亡くなられたお養父さん……須藤教授も、お前が自立してひとりでも生きていけるようにと、それればかり願っていらっしゃった」

「……けど、それはっ」

　僕が望んだことじゃない――。

　そう言い返したいのに、恭平のただならぬ気配に気圧《けお》されて、唇を噛むしかできない。

「第二詩集が出れば、きっと処女詩集以上に話題になるだろう。作家としての素性《すじょう》を明かしていないといっても、これからはお前も人前に出る機会も増えるに違いない。大学でも今すぐは無理でも友人ができれば、一緒にランチを摂《と》ることだってあるだろう」

「い、嫌だ！　聞きたくない……っ」

　恭平が僕にとって辛いことを言おうとしているのが、何故だかはっきりと分かった。

「そうなれば、食事のためにお前を抱いてやる訳にはいかなくなる」

「――っ！」

　耳を疑う言葉に、一瞬、心臓が止まったような気がした。

「お前が自立するためには、自分が病気だと認めて克服《こくふく》する努力をしなければいけない。大丈夫だよ、舜。病気の方も少しずつ改善してきて、セックスをしなくても少しは食べられるようになってきているじゃないか」

「知らないっ……。何も聞きたくないっ！」

これ以上、恭平の声で耳障りな言葉を聞きたくなくて、僕は両手で耳を塞《ふさ》ぐとテーブルの下に潜《もぐ》り込んだ。

「俺はもう、お前を抱かない」

まるで、死の宣告でも受けたような衝撃に絶句する。聞かなかったことにできるなら、そうしたかった。

「セックスしなくても食べられるようになるんだ。それから、いろいろなことをじっくりと考えて、自分で決められるようにならなきゃ駄目だ」

優しいだけじゃなかったけれど、恭平は……恭平だけは、僕を決して否定したりしなかった。僕を拒絶しなかった。

なのに、どうして今さら、突き放すようなことを言うのだろう。

テーブルの下で身体をギュッと丸めたまま、僕は恐る恐る問い返す。恭平の顔を見るのが怖かった。

「だったらなんで……恭平は僕と、セックスしたんだ……」

おかしいと思うなら、変だと言うのなら、他の人たちと同じように僕を突き放せばよかったのだ。

恭平の声には感情がまったく感じられなくて、まるでロボットと話しているみたいだ。

「言っただろう、舜」

「自分で、考えなさい」

「……っ!」

見捨てられるのだと、はっきりと悟《さと》る。

「けれど、これだけは言っておくよ」

戦慄《わなな》く唇を噛み締め、僕は蹲ったままでいた。

「きっかけはどうあれ、俺はお前を食事を摂らせるためだけに抱いたことは、一度もない」

恭平の言葉に含まれた意味を、今の僕が理解できるはずなんかなかった。

「来月、連休が明けたら、第二詩集の打ち合わせも兼ねて、新しい担当が引き継ぎの挨拶《あいさつ》にみえるそうだ。今度はちゃんと男の編集らしいから、お前もきちんと顔を出すんだぞ」

床に突《つ》っ伏《ぷ》す僕に、恭平が冷たい声で続けて言った。

「話は終わりだ。明日の準備はできているのか? これからは自分で身の回りのこともしっかりこなせなければいけないんだ。部屋へ戻って支度を済ませて、早く寝なさい」

言うなり恭平は、片付けもしないで二階の自分の部屋へ向かおうとした。

「恭平、なんで? なんで急にそんなこと言うんだよっ!」

テーブルの下から慌《あわ》てて這い出し、まっすぐに伸びた背中に問いかける。

けれど、恭平は振り向いてくれない。まるで僕の声なんか聞こえていないみたいだ。

「恭平……っ！」

泣いて叫んでも、立ち止まってもくれなかった。

⌘　⌘　⌘

「大丈夫だ、出ておいで」

クローゼットの扉が少し開いて、男の声が聞こえた。耳慣れない声に身を竦《すく》め、僕は薄闇の中で目を凝《こ》らす。

男は手にマグカップを持っていた。

「無理に飲めなんて言わない。病院も、舜くんが嫌なら行かなくていいから」

マグカップから漂う甘い匂いと、ゆらゆら揺れる湯気に堪らなく興味を引かれる。

「……うそだっ」

ママがいなくなって少しして、一緒にいてくれたお兄ちゃんも大勢の人に連れて行かれてしまった。

それからの思い出は、僕にとって気分のいいものじゃない。

病院に連れて行かれて注射や点滴を打たれたり、僕のことを病気だとか変だとか言っては、何人ものお医者と話をさせられたりした。

退院して施設に移ってからも、ひどいことばかりだった。セックスしないと食べちゃいけないと言っても、誰もまともに話を聞いてくれないのだ。

そんなとき、偶然出会ったのがお養父さん……大学の教授をしていた須藤先生だった。僕が小さい頃に亡くした息子に似ていると言って、すごく優しくしてくれたから「家の子になるか」と言われて、僕は一も二もなく頷いたんだ。

なのにお養父さんはごはんを食べない僕を、施設の人たちと同じように無理矢理病院へ連れて行こうとした。

セックスしたら食べられると言ったら、ひどく怒って僕を怖い目で睨《にら》みつけ怒鳴った。

だから、僕は急いでクローゼットに逃げ込んだのだ。

怖い目の人は、僕を殴る。ママがそうだったからよく分かっていた。ママはいつも僕を殴って、見るのも嫌だと押し入れに押し込めた。

それから僕はずっと、押し入れの中で息を潜《ひそ》めて生きてきた。

だってこの闇の中にいれば、誰も僕を殴らないし怒鳴られることもなかったから。

思ったとおり、僕を怒鳴ったお養父さんはクローゼットの中まで追いかけてこなかった。

恐怖に強張《こわば》った頬をほっと弛《ゆる》め、僕はクローゼットの中で蹲りながら思った。

やっぱり僕は、外の世界に出ちゃ駄目なんだ——と。

そうして何日かが過ぎて、この男が現れたのだ。

「大丈夫だ、出ておいで」

甘い香りのするマグカップを持って男が優しく僕を誘う。まるで、お兄ちゃんみたいだと思った。

「もう三日も経つ。教授も心配していらっしゃる。舜くん、せめて顔だけでも見せてくれないか」

「……な、殴らない？」

僕はそっと男の様子を窺った。

「ああ、殴ったりしない」

穏やかな声に、扉の隙間からそろりと顔を半分だけ覗かせる。すると扉の向こうに、ほっそりした顔の男がしゃがんでいるのが見えた。

「だ、だれ？」

頭に浮かんだ疑問を素直にぶつける。

「俺は篠崎恭平といって、須藤教授の教え子だ」

男が切れ長の瞳を優しげに細めて、手にしたマグカップを差し出す。

鼻が勝手にヒクヒク震え、今まで嗅《か》いだことのない甘い匂いを吸い込んだ。

「きょう……へい？」

「そう。恭平だ」

ゆっくり頷いて、男——恭平がマグカップを掲《かか》げてみせる。

空っぽの胃を刺激する濃厚な匂いと白く立ち昇る湯気に、僕は抗《あらが》い切れなかった。

「それ、なに？」

僕はとうとうクローゼットから這い出して、恭平の手を覗き込んだ。

「ホットココアだ。寒かっただろう？」

「……ううん」

暑いとか寒いとか、そんなのはいくらでも我慢できる。もうずっとそうだったから、ちっとも気にならない。

それよりも、僕はマグカップの中味が気になって仕方なかった。

「飲んでみるかい？」

「……飲む、もの？」

びっくりして問い返すと、恭平がにっこり笑って頷いた。

「熱いから、気をつけて」

冷たくかじかんだ手を伸ばし、マグカップを受け取る。

するとき、恭平が僕の両手を大きな手で包み込んで、フーフーと息を吹きかけた。

「何してるの？」

「火傷《やけど》しないように、冷ましているんだ」

僕はただただ驚いて、感心するばかりだった。

「そっと飲むんだ。無理はしなくていいからね」

何度か息を吹きかけて、恭平が言った。

「……ん」

僕は茶色い液体を見つめた。

ずっと水しか飲んだことがなくて、他の飲み物は施設でもほとんど受けつけなかった。

なのに、このホットココアには、なんだか強く心を惹《ひ》かれる。

恭平を真似て息を吹きかけ、そして、そうっとカップに口をつけた。

「……あちっ！」

尖らせた唇と舌先に、甘さと熱が同時に伝わる。思わずマグカップを放り出しそうになった僕の手を、恭平がしっかりと支えていてくれた。

「はは、そっと飲めって言っただろう？」

「……だって、こんなの飲んだことないから」

言いながらも、僕はすぐにでも二口目が飲みたくなっていた。熱くてびっくりしたけれど、舌に絡みつくような甘さと匂いに、僕は今まで口にしたどんな食べ物よりも感動したのだ。

「……どうだ、飲めそうかな？」

顔を覗き込むようにして問われ、マグカップに口をつけることで答えてみせる。熱さに少しずつ舌と唇が慣れ、僕はちょろちょろとココアを飲みすすめた。セックスをしないで何か口にすると、すぐに気持ち悪くなって吐き戻していたのに、不思議と平気だった。

「美味しい……こんなの、飲んだことない」

半分ほど飲んでから、僕は言った。食べたり飲んだりして美味しいと思ったことなんて今まで一度もなかったのに、このココアは何か特別な魔法でもかかっているみたいだ。

「そうか、よかった」

恭平も嬉しそうだった。笑うと切れ長の目尻が垂れ下がって、顔つきがとてもやわらかくなる。

「教授に頼まれて、今日から舜くんの世話をすることになった。勿論、きみが嫌なら無理にとは言わない」

「え？」

僕はマグカップを両手で強く握り締めた。急に話が変わって、何を言われているのか分からない。

「できる限りきみが食べられるように面倒をみさせてもらうけれど、駄目なら病院に行かなきゃならない。きみの身体がこれ以上悪くなる前に、教授はなんとかしたいと考えているんだ。舜くんのことを、教授は本当に心配されているんだよ。分かるね？」

首を傾げた僕に、恭平はゆっくりと目を見て話してくれた。

僕はマグカップと恭平の顔を交互に見て、そして口を開いた。

「……えっと、恭平は、僕を殴らない？」

「ああ」

大きく頷くのを認め、僕は続ける。

「じゃあ、僕とセックスしてくれる？　ごはん、食べさせてくれる？」

ほんの一瞬、恭平が表情を強張らせたのを僕は見逃さなかった。

「……やっぱり、変だって怒る？」

不安が胸を過って、上目遣いに見つめる。変だ、おかしいと、この男にも言われてしまうのだろうか。

「舜くん」

呼ばれるのと同時に、マグカップに一緒に重ねた手が、強く握り締められた。

「俺でよければ……」

恭平が瞼を伏せて答える。

「きみを、抱いてあげるよ」

僕は途端に嬉しくなった。

「じゃあ、じゃあ……ずっと一緒にいてくれる？　僕をおいていなくなったりしない？」

施設や病院で味わった恐怖から、僕を守って欲しい。僕を暗くて狭い場所に置き去りにしないと約束して欲しかった。

「大丈夫。一緒にいる」

にこやかに頷き返されて、僕は有頂天《うちょうてん》になった。

「あ、あとさ……。またコレ……ホットココア、飲ませてくれる？」

「ちゃんと食べると約束してくれるなら、ココアぐらいいくらでも淹れてあげるよ」

困ったように、けれどとても優しく微笑んで、恭平は僕を抱き締めてくれた。

それが、僕と恭平の出会いだった。

【二】


宮脇蒼《みやわきそう》の詩には、叙情《じょじょう》や憧憬《しょうけい》などという安易な言葉では表現され得ないものがある。

彼の詩は宮脇蒼という人間の身体から削《そ》ぎ落とされた一部であり、思考そのものであり、希望であり夢であり、記憶でもある。


――中略――


彼が詩《うた》う世界は、幼い頃には誰もが感じていた世界だ。

だが、大人になり社会生活を無難に送るための知識や経験を重ねると、人々は気づかぬうちにこの世界を深く感じることが難しくなる。

いや、忘れてしまうと表現すべきかもしれない。

宮脇蒼は自身をあらゆる社会的制約から遠く置くことで、誰もが知らぬうちに忘れてしまう世界に棲《す》み続け、深く呼吸し、そして詩う。

誰からも忘れ去られた世界で希望を探し求め、己《おのれ》の身体の内側に溢れる曖昧な想いを手繰り寄せ、常識や形式にとらわれず自由に詩う。

孤独に傷ついている自覚もなく、溢れるまま、ただ本能のままに綴られたのが彼の詩だ。


――中略――

この詩集を手にした人は、彼の詩を読み触れることで、彼と同じ、若《も》しくは忘れてしまった懐かしい世界やその記憶を垣間《かいま》見ることができるだろう。

かつて誰もが手にし、そしてあるがままに感じていた世界。

自分の生きる道を取捨選択するうちに、自然と捨て去ってしまった世界。

その世界を詩に表現することを、誰もが許されるわけではない。

だからこそ、未来に希望を抱けない現代人に、過剰な装飾のない宮脇蒼の詩は強く響くに違いないと私は確信する。

宮脇蒼処女詩集『詩が生まれるとき』解説より一部抜粋
(解説　能美山大学文学部准教授　篠崎恭平)

⌘　⌘　⌘

「初めまして。新しく宮脇先生の担当になりました、柊木《ひいらぎ》です」

新しい担当者が挨拶に来たのは、五月の連休が明けて十日ほど過ぎた日曜の午後だった。

一階の八畳の客間で僕は恭平の隣に座り、柊木という新しい担当者と向き合った。

「これ、大したものじゃないんですけど、宮脇先生がココアがお好きだと伺《うかが》ったので……」

宮脇蒼――というのは、僕が詩集を出すときに恭平がつけてくれたペンネームだ。

名刺に続いて手土産の包みを恭平の前に押しやり、柊木が僕を見てニコリと笑った。僕のまわりにいる学生たちとあまり変わらない年の頃で、ふっくらした丸い顔に眼鏡をかけている。

「わざわざすみません。しかし、今後はお気遣いは無用に願います」

恭平が硬い口調でお礼を言う横で、僕は縮こまったまま軽く会釈《えしゃく》した。

「それにしても、前任の者から宮脇先生はお若くて、アイドル歌手みたいだと聞いていたんですが、まさかここまでとは思っていませんでした」

おべっかのつもりだろうか。柊木はいかにも愛想笑いといった笑顔を張りつけ、しきりと僕の容姿を褒める。

けれど、僕は自分の容姿がどうだとか、気にしたことなんて一度もなかった。ひとつだけ気にしていることがあるとすれば、一六〇センチ少ししかない身長のことぐらいだ。

「中性的で、とても魅力的ですよね。色が白くて目も大きくていらっしゃる。作品から感じる浮世離れしたイメージそのままです。さぞ、大学ではモテるんじゃないですか？」

「柊木さん、申し訳ありませんが、詩集に関係ないお話は時間の無駄になりますので」

ペラペラと調子のいいことばかり話す柊木を、恭平がチクリと刺す。

僕は正直、詩集に興味がなかったので、話を真剣に聞く気がなかった。だいたい、入学式の夜に抱いてもらってから、一度も恭平とセックスしていないせいか、まったく詩が書けない。書けもしないのに詩集の打ち合わせなんて、馬鹿馬鹿しいにもほどがある。おまけに最近また体重が減ってきていて、イライラすることが増えていた。

引き取られてからずっと続けている病院での治療の成果か、気分次第で少しは食べられるようになっていたのに、僕はあの日からまともに食事が摂れないでいる。

僕にとってセックスと食事、そして詩はひとつのラインで繋がっている。ひとつでも欠けたら、バランスが崩れて全部ダメになっても不思議じゃなかった。

今はまだ入院しないで済んでいるけれど、このままじゃいつ病院に入れられるか分からない。僕はそれが怖くて堪らない。

お兄ちゃんと暮らしていた部屋から出されて、無理矢理病院へ放り込まれた記憶は、ひどいトラウマとなっていた。

「ですが、篠崎教授」

「私はまだ、准《じゅん》教授です」

「あっ、すみません……。ですが、三十半ばまでに教授になるんじゃないかと、学会で評判だと聞いていますよ」

「私のことは関係ないでしょう」

恭平の苛立った声に柊木がしゅんと項垂れる。

「す、すみません。どうか、お気を悪くしないでください」

しかし、柊木はすぐに気を取り直すと、ちらりと僕を見ながら口を開いた。

「実は僕、宮脇先生の詩集を拝見したときから、もうどうしようもないくらいファンになってしまって、今回も自分で担当に立候補したくらいなんです。なので、ちょっと興奮しているのかもしれません。……ホント、すみません」

スーツの背中を丸めて、柊木が何度も頭を下げる。

「それだけ彼の詩を認めてくださっているのなら、次の詩集もぜひ、よいものにしていただきたいですね」

「当然です！　自分の手で後世に名を残すような作家や作品を世に送り出す――というのが僕の夢なんです」

暑苦しい……。

僕は柊木に対してそう思った。

けれど、前のように女が担当でいるよりマシだ。女は、病院と同じくらい大嫌いだ。

「意欲的な方が担当になってくだって心強いです。亡くなった須藤教授も、彼の詩はもっと世の人に広く読まれ、愛されるべきだと仰っていましたから」

恭平の声はひどく尖っていた。

どうしてこんなに苛立っているのか、僕には分からない。

ただ、こんな恭平の声を聞いていると、もう僕を抱かないと言われたときのことを思い出さずにいられなかった。

怖い恭平は、見たくない。

優しくて、いつでも僕の味方でいてくれた恭平が、とても懐かしい。

「ところで大学に入られてから、詩作の方が順調でないと前任者から聞いたんですが……」

柊木がお茶を啜《すす》って話題を変える。僕の前にはホットココアの入ったマグカップが置かれていた。

「大学に入って環境が変わったせいかもしれません。落ち着けば大丈夫だと思います」

黙りこくる僕の代わりに恭平が淡々《たんたん》と答える。

柊木は僕を見つめたままで頷いた。

「できるだけ間を空《あ》けずに次の詩集を発行したいのが、出版社側の本音です」

僕がぷいっと視線を躱《かわ》すと、柊木は気にした様子もなく恭平と話を続ける。

「ベストセラーだなんて今はもてはやされていても、ブームが去るのはとても早い。当初は夏休みの刊行を考えていたのですが……。もう少しお待ちするとしても、年末のクリスマス商戦には間に合わせたい」

「それは分かります。ですが……」

恭平が渋る気配を見せると、柊木はわずかに声のトーンをあげた。

「篠崎先生の仰りたいことは分かります。無理に詩を書いていただいても、いい作品は生まれない。とくに、宮脇先生のような作風の場合はそうでしょう」

すっかり蚊帳《かや》の外といった雰囲気に、僕は危うく欠伸《あくび》を漏らしそうになった。

「待てるだけ、待ちます。けれど、いつまでも……とはさすがに言えません」

「そうでしょうね」

恭平が大きく頷く。

「好き勝手に出したいのなら、自費出版でいい訳です。ですが、僕たちは違う」

柊木の言葉に熱がこもっていくのが、僕にもよく分かった。

「僕は宮脇先生を、ただの流行詩人で終わらせようとは思っていません」

ひと際強い口調で言ったかと思うと、柊木は大きなバッグの中から数冊の本を取り出してみせた。

「前作を踏襲《とうしゅう》して、作品のイメージに合わせた凝った装丁《そうてい》で出すのもいいんですが、僕はせっかくなんで宮脇先生のビジュアルも売っていってはどうかと考えているんです」

風景写真集のようなものから、水着を着た女が海辺で笑顔を浮かべる表紙の本などをずらりと並べると、柊木はその中から一冊手にとって広げた。

「詩の世界観に合わせてロケをするんです。その中に、宮脇先生の写真もいくつか入れられたら、なんて考えて……」

「冗談じゃないっ」

ビリッと障子が震えるほど声を張りあげ、恭平が柊木の声を遮《さえぎ》った。

「……っ！」

そのあまりの激しさに驚いて、僕は思わず肩を竦めてしまう。

「柊木さん、あなたは宮脇蒼を安っぽいアイドルにでもするつもりですか」

「そんなことは言っていません。僕はただ、宮脇蒼の詩集をより多くの人に手にとってもらえるよう、考えているだけです。宮脇先生の容姿は充分売りになります。詩集なんて普段は手にとらないような層にも、興味を持ってもらえるはずだ。使わない手はありません」

柊木は少しも怯《ひる》まずに、恭平に自分の考えを説明し始めた。

「前作がベストセラーになったといっても、詩に興味を持たない層にはまだまだ無名も同じです。ひとりでも多くの手許に届けるために、僕はあくまできっかけとしてどうかと提案しているんです」

「作家本人を商品化するような話に、賛同はできない」

「違います！　僕はあくまでも詩集を手にとってもらうための方法として、どうかと言っているんです」

恭平の全身から溢れる怒りに、身体がガタガタと震えて止まらない。どうして柊木が平気でいられるのか不思議で堪らなかった。

「帰ってくれませんか、柊木さん。あなたがこのまま担当を続けるのなら、宮脇蒼の第二詩集は他の出版社へ持っていくしかない」

「ちょっ……、待ってください！」

「あなたの案が悪いと言っているんじゃない。宮脇蒼の後見人として、私があなたを信用できないんです」

「な――」

柊木の顔から血の気が引いていく。

僕は茫然と恭平の横顔を見つめた。いつもは優しい細面《ほそおもて》の顔が、不動明王《ふどうみょうおう》みたいに赤く染まっている。

恭平がここまで怒りをあらわにするのを、僕ははじめて見た。

「無理を言って担当を替わっていただいたのに申し訳ないが、柊木さんと一緒に仕事をすることはできません」

はっきりと言って、恭平はすっくと立ち上がった。

「篠崎先生っ！」

柊木が膝立ちになって呼び止めるのも無視して、恭平が僕にも立ち上がるよう目で促す。

「……恭平、いいの？」

僕はこんなとき、どうしていいか分からない。

「舜、お前は自分の部屋に戻っていなさい」

「宮脇先生！　せ、先生は……どう思っているんですか！」

「……あ」

振り返ろうとした僕の背を、恭平がぐいと押す。

肩越しに、愕然《がくぜん》とした柊木の顔が見えた。

「舜」

恭平の大きな手に背中を押されて、僕は客間を後にした。

その後、二人の間でどんなやり取りがあったのか分からない。

柊木が肩を落として帰っていく姿を二階の自分の部屋の窓からこっそり見送ったのは、十分ほど経ってからだった。

——気持ち、悪い。

胃が絞られるようだった。こみ上げる嘔吐感《おうとかん》を堪え切れず、僕はベッドに横になる。

恭平がどうしているだろうかと気になったけれど、はじめて見た鬼のような顔を思い出すと、怖くて下に行く気になれない。

僕には、どうして恭平があんなに怒ったのか分からなかった。

かと言って、柊木が僕の詩集をどうしたいのかもよく分かっていない。

僕自身、自分の書いた詩に興味がないのだから仕方がない。

僕は詩を書く行為だけに、意味を感じている。

書きあがった詩は、言ってみれば排泄物《はいせつぶつ》みたいなものだ。

セックスという行為に、食べるためという意味があるのと一緒で、吐き出した精液と同じに、書き捨てた詩に意味はない。

――恭平、まだ怒ってるかな。

きっと今日も、恭平はホットココアを淹れてくれるだけで、僕を抱いてくれないだろう。

林さんが僕のために病院から指導を受けて、食事を工夫してくれているのも知っている。

けれど、食べられないものは仕方ない。このままだと、まったく食べられなくなるのも時間の問題だろう。

恭平が、抱いてくれればいいだけなのに……。

そう思うと、余計にお腹が減って苦しくなる。

気がつけば、下着の中でペニスが硬くなり始めていた。身体は確実に飢《う》えている。

「お腹……減ったな」

客間で口にしたココアのおかげで、胃の中がじんわりとあたたかい。

「は……っ」

僕はそっと瞼を閉じると、ベルトを緩めて股間に手を突っ込んだ。そして、いつも恭平がしてくれていたように、熱くなったペニスを扱く。

「あっ……はっ、ぅんっ」

ベッドの軋む音が、セックスのときみたいだ。

爪先がジンジンして、すぐに先走りが溢れる。ヌルヌルしたソレをペニスの先端に塗りつけて親指の腹で窪《くぼ》みを撫でると、目が眩むような心地よさに襲われた。

「ふぅんっ……ん、あっ……はぁっ」

抑《おさ》え切れない喘ぎが漏れる。

天井を仰《あお》いで目を閉じ、恭平に抱かれる自分を想像した。

一見すると恭平は痩せて見える。けれど、すらっとした長身は骨太で、無駄な肉がついていないだけだ。僕の鶏ガラみたいな身体と違って、恭平の身体は大人の男という感じでとても好きだった。

恭平が着物の裾を乱して僕を抱く姿を、懸命に瞼の裏に描いた。

「んあっ……あ、あぁっ」

もどかしくて、ボトムと下着を一緒に脱ぎ捨てる。右手で茎を上下に扱きながら、左手で弛んだ袋を揉《も》みしだいた。

「きょ……ぅへいっ」

裾をからげ、胸許を大きくはだけた恭平が、僕を後ろから抱きかかえる。

『舜……』

セックスの間、恭平はいつも僕を優しく呼んでくれた。そして、身体中に唇を押しつけ、僕をトロトロに蕩《とろ》かしてしまう。

「ああっ……あ、あぁっ！」

久しくセックスしていない身体は、すぐに射精感に戦慄いた。

僕は喉を喘がせながら、夢中になって両手を動かす。

「あっ、い、いぃっ……イクッ」

瞼に描いた恭平が漆黒《しっこく》の髪を乱し、汗を滴《したた》らせて腰を叩きつける。

『舜、……イッていいから』

甘くて優しい声。

「う、あぁ……っ」

ぶるりと肌がざわめき、僕は呆気《あっけ》なく射精する。

「はぁ、はぁ……」

手の中に熱い体液を受け止めた瞬間、夢の中の恭平は消えてしまった。

残ったのは、ひどく気怠《けだる》い絶頂の余韻と、満たされない空腹感。

うっすらと瞼を開くと、やけに青い空が目に映った。

食欲なんて、少しも湧《わ》かない。

空腹なのに、食べたくない。

詩のひと欠片《かけら》も、浮かんでこなかった。

開け放った窓の向こうには、真っ青な五月《さつき》晴れの空が広がるばかり。

外の世界に出てはじめて見上げた空と何が変わったという訳でもないのに、どうしてだかひどく哀しい青に見えた。


柊木が挨拶に来た日から一週間が過ぎていた。

恭平のところには電話やメールで連絡があるようだけれど、どんな状況になっているのか知らずにいる。分かったところで僕自身どうでもいいと思っているし、何しろ肝心《かんじん》の詩が書けないのだからどうしようもない。

恭平が僕を抱いてくれないから、食べられないし詩も書けないのだ。

食事はホットココアと、病院で処方されている経口《けいこう》栄養剤を無理矢理流し込む程度で、辛《かろ》うじて維持していた体重も目に見えて減ってきている。

大学にはどうにか通っているものの、友だちなんてひとりもできないままだ。教室ではいつも端っこの席に座り、昼休みは恭平の研究室か保健室のベッドで寝て過ごす。

入学したばかりの頃は、友だちをつくれだのサークルに入れだの口煩かった恭平も、僕の体調が芳《かんば》しくないのをみてか、研究室に入り浸る僕を叱ることはない。

厳しく叱ってくれれば、言い返したり詰ったりもできるのに、こんなところだけ許してくれる恭平がただただ恨《うら》めしかった。

「舜、少しは書けるようになったか」

研究室の応接セットのソファで猫みたいに丸くなった僕に、恭平が静かに訊ねる。

「セックスしないのに、書ける訳ない」

僕がぶっきらぼうに答えると、恭平が深い溜息を吐いた。

「柊木さんにはああ言ったが、今さら詩集の話をなかったことにはできない。焦らなくていいから、思い浮かんだらいつでも書けるよう、メモ帳だけは持ち歩くように」

「セックスしてくれたら書くよ。それかいっそのこと、恭平が書けばいいじゃないか」

「それはできない」

即座に恭平が答える。

「なんで？」

単純に疑問に思った。大学の准教授で、お養父さんの秘蔵っ子だなんて言われていて、学会でも注目されるような恭平が、どうして詩が書けないのか僕には分からない。

「俺じゃ駄目なんだよ。お前の言葉や詩を皆が待っているんだ。お前の胸にある世界を綴った詩にこそ、皆が胸打たれるんだから」

ふと恭平の顔に浮かんだ優しい微笑みに、僕は思わず目を瞠《みは》る。

それは、春頃までいつも僕を見つめてくれていた、優しくて穏やかな表情だった。

「だから、お前は書かなくちゃならない。誰にでも与えられる才能じゃないんだ。書きたくたって書けない者が世の中にはたくさんいる。いいかい、舜。お前の詩はお前にしか書けない。詩うことを許されたのは、俺じゃなくてお前なんだから」

「言ってること、分かんないよ。書かせたいなら、セックスしてくれればいいんだ。そうすれば、ごはんだって食べられる」

「できないと言っただろう。セックスは食事のためにするものじゃないんだ」

そう言って僕を見た恭平の顔からは、微笑みはすっかり消えてしまっていた。

「だったら、どうして恭平は僕とセックスしたんだよ！」

ソファの上に起き上がって言い返すと、恭平がひどく苦しげな瞳で僕を見つめた。

苛立ちと悲しみが、僕の胸を覆い尽くす。

「舜」

「な、なんだよっ」

わずかに首を傾げて、恭平がまっすぐに僕を見つめる。

「本当に、分からないのか？」

恭平の声が、らしくなく上擦って震えている。僕は何故か戸惑いを覚えた。

「だって……お養父さんに頼まれたって、恭平が言ったんじゃないか」

切れ長の瞳がうっすらと充血している。

まるで、責められているような気がした。

「だいたい……食べるためじゃなかったら、恭平はなんで僕とセックスしたんだ。ずっと……毎日、この前まで僕と……セックスしてくれてたのに──っ」

いつも優しく僕を抱いてくれていた恭平を思い出すと、勝手に涙が溢れそうになる。鼻の奥がツンとして、頭の中心の部分がジンジンと疼くように痛んだ。

「愛しているからだよ、舜」

寂しげで、それでいて優しい声だった。

「え?」

思わず問い返した僕に、恭平がもう一度ゆっくりと、噛み締めるように答える。

「お前を愛しているから、抱いたんだ」

奥二重の切れ長の瞳が、僕を捕らえて放さない。

『愛しているよ、舜』

セックスのとき、いつも耳許に囁かれた言葉。

「……なに、それ」

長い間、胸にあった疑問が口を突いて出る。

直後に、僕は息を呑んだ。

「そうだな、お前には分からない」

恭平の青ざめた表情に目を瞠る。

苛立ちや悲しみに熱くなった心が、一瞬で冷めきった。

どうしてだかは分からなかったけれど、自分が恭平をひどく傷つけてしまったことだけは分かる。

返す言葉も見つからず黙り込む僕に、恭平が苦笑交じりに言った。

「あの男と、俺は違うんだよ……舜」

恭平の言う《あの男》というのが《お兄ちゃん》のことだとなんとなく理解する。

「セックスしないと食べていはいけないなんて、常識でもなんでもない。あの男の都合のいい詭弁《きべん》だ」

「うそだ、だって……」

身体が小刻みに震えるのを感じながら、淡々と話し続ける恭平から目が離せなかった。

脳裏に甦る、薄暗くて湿った部屋の記憶。お兄ちゃんと暮らした日々は、僕にとって決して辛い記憶じゃない。

なのに、今、僕の目の前でお兄ちゃんのことを話す恭平の顔は憎悪に満ちて、まるで仁

王像のように険《けわ》しくて恐ろしい。

「俺はお前に、あの男と同じだと思われたくない」

「そ、そんなの当たり前だろ？　だって、恭平とお兄ちゃんは違う人間なんだからっ」

何を当然のことを言っているのだろうと、僕は咄嗟に口を開いた。

「ああ、そうだ。俺はあんな男とは違う。だから、食べさせるためにお前とセックスしないと決めた」

恭平が何を言いたいのか、僕はどんどん分からなくなってしまう。

「分からないよ、恭平」

ぽつりと零すと、恭平がまた溜息を吐いた。

窓の向こうから学生たちが騒ぐ声が聞こえる。昼休みの喧騒《けんそう》は、いまだに僕にとって異世界のようだ。

「舜……はじめて会ったときのことを、覚えているかい？」

静かに問いかける恭平の表情が少しだけ和らぐのを認めて、僕はこくりと頷いた。

「お前がクローゼットの中から、細くて頼りない両腕を差し伸べてくれたときから、俺はただ……ただお前のためだけに、愛を尽くそうと誓った」

脳裏に甦る、やわらかであたたかい思い出。甘い芳香と優しい声と、はじめて知った美味しいという感覚。

あのとき感じた言葉に尽くし難《がた》い安堵を、僕は今も鮮明に覚えている。

「きっと他人が聞いたら……須藤教授にも、くだらないと嘲笑《わら》われるだろう。けれどあの瞬間まで、俺は誰かに頼られたことも、純粋に求められたこともなかった」

恭平の話を聞きながら、僕はふと気づく。須藤の家に引き取られてからずっとそばにいたはずなのに、僕は恭平のことを何も知らない。

いつも自分のことだけ考えて、恭平に甘えてばかりいた。セックスや食事のことだけじゃない。何をするにも恭平がそばにいて、僕に優しく教えてくれたのだ。

「……ねえ、恭平」

誰も教えてくれなかったことが、僕に分かる訳がない。

「愛って、何……？」

「舜――」

切れ長の瞼が、小さく痙攣《けいれん》していた。

教えてよ――と、視線を絡めて訊ねた声に、昼休みの終了を報《しら》せる鐘の音が重なって響いた。

「舜、前にも言っただろう？　自分で……考えるんだ」

恭平が冷たく突き放すように告げる。

「午後の講義に遅れる。早く行きなさい」

「恭平……っ」

僕は何も言い返せないまま、研究室を追い出されてしまった。

摂食障害《せっしょく》の症状が急激に悪化して倒れてしまったのは、それから数日後のことだった。

救急車で病院に担ぎ込まれてから三週間が過ぎた頃、柊木がひどく慌てた様子で病室に顔を出した。

「篠崎先生からご連絡いただいたときには、もう本当にびっくりしたんですよ。なかなかお見舞いに伺う許可がいただけなかったんですが、こうしてお顔を拝見できて嬉しいです」

ベッドで横になったままそっぽを向く僕を後目に、柊木が見舞いの花を窓際に置く。

入院してしばらくは点滴での栄養補給だけだったのが、最近は経口栄養剤と治療食へと進み、体調も随分と回復していた。

と言っても、まともに食べられないのは相変わらずで、標準体重にはまだまだほど遠い。

「ところで、昼休みに篠崎先生もお見えになると聞いて、この時間に伺ったんですが……」

「……講義があるからすぐには来られないって、言ってたけど」

手持ち無沙汰《ぶさた》な柊木の様子を察して、僕は背中を向けたまま言った。

「あ、そうだったんですね。時間まで確認しなかったので……」

柊木がホッと溜息を吐く。

「ところで、宮脇先生」

遠慮がちな声に振り返ると、柊木が僕の右手首に繋がる点滴の管を見つめて訊ねる。

「五月にお会いしたときより、随分と痩せられたように見えますが、いったいどうしてこんなことに？」

「どうして……って、恭平から聞いてない？」

僕は少しびっくりした。どうやら恭平は柊木に入院したことしか伝えていないらしい。

「ごはん、食べられないからだよ。恭平が……もうずっとセックスしてくれないんだ」

今日も僕は、食事をまともに摂れずにいた。昼食もほとんど残してしまったせいで、こうして点滴を受けている。

「え、あの今……なんて？」

柊木が目を白黒させていた。

「だから、大学に入ってから恭平がセックスしてくれなくなったせいで、ごはんも食べられないし詩も書けないんだよ」

もうずっと胸に抑え込んできた不満や苛立ちが、一気に爆発する。

「お陰で……入院なんかしなきゃいけなくなって、点滴だって大嫌いなのに……っ！」

気持ちのやり場が分からない。叫んでも一向《いっこう》に気が済まなくて、僕は点滴の針が刺さった右手でベッドを叩いた。

「ちょっ……宮脇先生！」

柊木が慌ててベッドに駆け寄る。

「点滴の針が入っているのに、そんなことをしたら傷になってしまいます」

言いながら、怖々《こわごわ》と痩せて尖った僕の右肩を掴《つか》んで宥める。

「うるさい！　どうせ僕のことおかしいって思ってるんだろっ！」

「そんなこと言ってません。……とにかく、落ち着いてください」

まともに食べていない僕が、ふっくらした体型の柊木に敵《かな》う訳がない。あっさりとベッドに肩を押さえつけられ、右手を分厚い手に握られてしまう。

「宮脇先生をおかしいだなんて、……僕が思う訳ないでしょう」

骨と皮ばかりで青く血管の浮いた僕の腕を見つめながら言って、柊木は何度か深呼吸を繰り返した。そして、そっと手を放す。

「でも、みんなそう言って……僕を虐めた」

全身の力を抜いて、僕は白い天井を見上げながら愚痴《ぐち》た。

「みんな……って？」

柊木が僕の顔を見下ろして訊ねる。

「みんな、だよ。大学でも……施設でも、この病院の先生やお養父さん……それに恭平も、お兄ちゃん以外の人はみんな、僕のことをおかしいとか病気だって言って虐める」

言いながら、僕は鼻の奥がツンとなるのを感じた。

ほんのつい最近まで、恭平だけは僕を変だなんて言わなかったのに——。

「あの、宮脇先生。《お兄ちゃん》というのは……？」

潤んだ瞳に、柊木の怪訝そうな顔が映る。

「お兄ちゃんは、お兄ちゃんだよ。ママが連れて来た男の中で、ひとりだけ僕に優しくしてくれたんだ」

「ご兄弟じゃ……ないんですか？」

柊木が首を捻るのが僕は不思議で堪らない。

「兄弟なんかいないよ。僕はずっとママに嫌われて、押し入れの中から出してもらえなかった。でも、お兄ちゃんが来てからは外に出してもらえたし、セックスしてごはんも食べられるようになったんだ」

話しながらも、僕はお兄ちゃんの顔を朧《おぼろ》げにしか思い出せずにいた。あんなに大好きだったはずなのに、どうして思い出せないのだろう。

「待って、ください」

強張った顔で、柊木が上擦った声を漏らす。

「あの……それって、いつ頃のことですか？」

見れば、柊木の健康的でふくよかな顔から血の気が引いたようになっていた。

「いつ頃って、僕がお養父さんに引き取られる前だから——三年か四年ぐらい前かな」

「宮脇先生、もし嫌じゃなければ……詳しく聞かせていただけませんか？」

「別に嫌じゃないけど？」

柊木の表情の変化に戸惑いながらも、僕は記憶の奥底にある過去を引き摺り出す。

「じゃあ、お願いします」

柊木は僕に断りを入れてパイプ椅子に腰掛け、神妙な顔を浮かべた。

そうして僕はひとつひとつ記憶を手繰り寄せながら話し始めた。

——それは、僕が薄暗くて狭いアパート以外、外の世界を知らずにいた頃のことだ。

ママや何人もの男から暴力を受け、押し入れの中から出してもらえず、ごはんも食べさせてもらえなかったこと。

お兄ちゃんが現れて、僕に「セックスしないと食べてはいけない」と教えてくれたこと。

そしてママがいなくなってからの、お兄ちゃんと二人で暮らした静かで幸福な毎日。

「何も知らなかった僕に、お兄ちゃんは《常識》を教えてくれたんだ」

「嫌じゃ……なかったんですか？」

柊木の顔に嫌悪の色が浮かんでいた。僕がお兄ちゃんの話をすると、たいていの人は同じ表情になる。

「どうして？　お陰で僕はごはんを食べられるようになったんだから」

物心ついた頃から押し入れの中で恐怖に怯え、空腹に喘いでいた僕に、目の前に差し出された優しい手を疑う余地なんてなかった。

今も、僕はお兄ちゃんが間違っているなんて思わない。

現に恭平とセックスしなくなって、僕はほとんど食べられなくなったのだから。

「でもある日、お兄ちゃんが知らない人に連れて行かれて、僕は施設に入れられたんだ」

その後の地獄のような日々を思い出して、僕はブルッと全身を震わせた。

「それって……」

柊木が眉間に皺を刻んで首を傾げる。

「三年ほど前ですよね。確かニュースやワイドショーでもかなり取り上げられた事件があったのを覚えています。長年にわたってのネグレクト……監禁や性的虐待《ぎゃくたい》と、かなりセンセーショナルな事件でしたから」

ネグレクト……監禁？

性的虐待？

柊木の言葉は、どれも僕にはピンとこない。

「……まさか、宮脇先生があの事件の被害者だったなんて――」

ふと見やると、柊木が中途半端に口を開いたまま、顔を青くしていた。

「どうしたの……？」

「す……みません。ちょっと……理解できなくて」

「え——」

僕は驚いた。同時に「やっぱり……」という想いが湧き上がる。

どうして分かってくれないのか、それが分からない。

「先生は……どうしてその男をそこまで信用できたんですか？　僕が覚えている当時のニュースの内容では、その男はまだほんの子供だった先生に……手を——」

柊木が忌々《いまいま》しげに吐き出し、頭を抱え込む。

「正直……、腹が立って仕方がありませんよ」

「お兄ちゃんは悪くない」

「ですが先生、その《お兄ちゃんは》今も刑務所の中で罪を償《つぐな》わされているはずです」

僕は何も言えなかった。僕のことでお兄ちゃんが警察に捕まったと知ったのは、お養父さんに引き取られて少し経ってからだ。

「……少なくとも、僕にとっては悪い人じゃなかった」

項垂れて呟いた僕の耳に、柊木が困ったように溜息を吐くのが聞こえた。

重苦しい沈黙が病室に流れる。

「すみません。よく知りもしないで……」

柊木が小さな声で謝罪する。

「別に、同じようなことは何度もあったから……」

セックスしないと食べられない僕を、病院や施設の人たちは面倒臭そうに扱った。病気だといって入院させたり、無理矢理食べさせようとしたり……。僕はまわりの人間が怖くて、施設の中を逃げ回ってばかりいた。

「でも謝ってくれたのは柊木……さんが、はじめてだ」

「そうなんですか？」

小さく笑って言うと、柊木がホッとした様子で目を瞬《しばた》かせる。僕の話を聞いて青くなっていたくせに、柊木はすっかりもとの健康的な顔色を取り戻していた。

「宮脇先生にそんなふうに言ってもらえると、なんだか嬉しいなぁ」

僕は少し呆れながらも、柊木が僕を責めなかったことに感動する。恭平以外に、僕の話を聞いて微笑んでくれた人なんてほとんどいなかった。

「ところで、どうして篠崎先生が宮脇先生の後見人になったんですか？　須藤教授の秘蔵っ子ということで信頼も厚かったんでしょうけど」

「それは……」

クローゼットの扉の隙間から、ココアを片手に優しく微笑んだ恭平の姿を思い出す。

「恭平だけが……僕の話を、ちゃんと聞いてくれたんだ」

優しい声と甘い甘い、ホットココア。

初めて触れた外の世界に愕然としていた僕に、恭平だけが手を差し伸べてくれた。

「お兄ちゃんみたいに、優しくしてくれた。セックスも……」

「そういえば、あの……失礼ですが、篠崎先生はその……ゲイなんでしょうか？」

柊木が歯切れ悪く、問いかける。

「……ゲイ？」

けれど、僕にはその言葉の意味が分からない。

「宮脇先生、もしかして……意味、分からないんですか？」

柊木が今度はキョトンとして目を瞬く。

施設から引き取られて、僕はお養父さんや恭平から、勉強だけじゃなくいろいろなことを学んだ。能見山大学に入るまで、学校という場所には一度も通ったことはなかったけれど、勉強はすごく楽しかった。

頑張れば恭平やお養父さんが褒めてくれたし、お陰で高卒認定試験にも受かって大学にも入れた。

こんなふうに外の世界へ出ることができたのも、恭平やお養父さんがいてくれたから。

でも……ゲイなんて言葉は、誰も教えてはくれなかったのだ。

「簡単に説明すると、男性を恋愛や性的対象にする男性のことです」

「……ふぅん」

分かったような分からないような、釈然としないものが残ったけれど、僕は一応頷いてみせる。

そのとき、病室のスライドドアをノックして恭平が入ってきた。

「篠崎先生、昨日はお電話いただいてありがとうございました」

柊木がすっくと立ち上がって恭平に深々とお辞儀をする。

「柊木さん」

「先月、ご挨拶に伺った節《せつ》は大変失礼しました。本当はすぐにでも宮脇先生と篠崎先生にお会いして、先日の非礼をお詫びしたかったんですが……」

「その必要はないと、何度もお伝えしたはずですが」

恭平の抑揚のない言葉にも、柊木は臆する気配はない。

「いえ、きちんとお詫びしてお許しいただかないと。これから一緒に詩集を創り上げていく上で、宮脇先生の作品のクオリティにも関わってくると反省したんです」

無駄に暑苦しく慇懃《いんぎん》な柊木の態度に、恭平は早々に観念したらしい。

「柊木さんの熱意は、もう充分に伝わっていますよ」

そう言って、柊木にパイプ椅子に腰かけるよう勧めた。

しかし、柊木は首を振って断った。

「そう言っていただけると、僕の胸の閊《つか》えも取れます」

そして直立したまま恭平に向き合い、もう一度頭を下げる。

「宮脇先生や篠崎先生のご事情も弁《わきま》えず、身勝手な提案を押しつけるようなことして、本当に申し訳ありませんでした」

柊木の台詞に、恭平の表情が一瞬にして険しくなった。

「事情？」

あからさまな嫌悪を滲ませた恭平の尖った声に、僕はどうしようもない居心地の悪さを覚える。胸がドキドキとして、知らずタオルケットの端を握り締めた。

「数年前に世間を騒がせた監禁虐待事件の被害少年が宮脇蒼だなんて、きっと誰も想像すらしないでしょう」

「いったい何を根拠に、そんなふざけたことを……？」

いつも穏やかで落ち着き払っている恭平の声が、明らかに動揺して上擦っていた。

「先ほど、宮脇先生からいろいろお話を聞かせていただきました。処女詩集発売時に宮脇蒼のプロフィールを一切明かさなかったのは、そういう事情があったからなんですね」

柊木が沈痛な面持ちで告げるのに、恭平が苦笑を浮かべる。

「きみは、文芸よりも報道……ゴシップ誌でも担当した方がいいんじゃないか」

掠れた恭平の声を聞いていると、僕はなんだか急に悲しくなった。

「冗談でも、やめてください。僕だって……ここまで悽愴《せいそう》な生い立ちの上に、宮脇蒼のあの素晴らしい詩が成り立っていたなんて、正直、今も信じられない気持ちなんですから」

ふと、柊木の声が少し鼻にかかっていることに気づく。見れば、目を真っ赤に充血させて、今にも涙を零しそうになっていた。

「篠崎先生。この前、お話ししましたよね。僕は自分の手で後世に残る作家を……作品を世に送り出したい。宮脇蒼は僕の前に現れた希望の星なんだ……って」

声が途切れたかと思うと、続けて柊木がひと際大きく深呼吸をして言った。

「そこまで見込んだ作家が、書けないと苦しんでいる。だったら、担当編集としてどうにかして力になりたいと思うのが当然でしょう？　事情を訊いて少しでも力になり……」

「詭弁だ！　作家のプライベートを土足で荒らす権利が、担当にはあるとでも言うのか！」

ダンッ——とテレビ台を掌で叩いて、恭平が柊木の言葉を遮った。病室の外まで聞こえるような荒々しい声に、僕は思わず身を竦める。

「……っ！」

脳裏に、かつて僕を殴った男たちの姿が甦る。

「や……やめてよ、恭平！」

「舜……」

僕の声に振り返った恭平の顔は、ひどく疲れ果てた老人のようだった。

「篠崎先生……僕は、そんな権利を主張するつもりはありません。さっきも言ったとおり、僕はただ宮脇先生の力になりたいだけなんです」

「舜が何を話したか知りませんが、他人に口出しされる謂《いわ》れはない」

恭平の声が、どんどん冷たくなっていく。表情から生気《せいき》が失われていく。

そんな恭平を見ているうちに、僕は知らず涙を流していた。僕のことで恭平が辛い想いをしていると思うとどうにも惨《みじ》めで口惜しくて、胸が押し潰されそうな気分になる。

こんな気持ちになったのは、生まれてはじめてだった。

溢れる涙を恭平に見られたくなくて、僕は慌てて頭からタオルケットを被った。

「いいえ、言わせてもらいます。篠崎先生、これまでは……その、彼を……ケアしてあげていたんでしょう？　だったら今までと同じとまではいかなくても、様子を見ながら……抱いてあげることはできないんでしょうか？」

「柊木さん、きみは本気で言っているのか？」

ぎゅっと閉じた瞼に、恭平が困った顔をして頭を抱える姿が浮かんだ。

僕のせいで恭平が困っている。

僕が食べないせいで……詩を書けないせいで、恭平が責められている。

「非常識なことを言っている自覚はあります。けれど、宮脇先生があまりにかわいそうじゃありませんか。詩を書くとか、それ以前の問題だ。食べられなくて、入院するような状況になっているのに……どうして篠崎先生は突き放すようなことをするんですか！」

「それでは根本的な解決にならない。舜はセックス依存を合併嗜癖《がっぺいしへき》にもつ摂食障害なんです。適切な治療を受けさせなければ……」

「だからって、こんなになるまで放っておかなくてもいいでしょう！」

柊木の言葉が鋭い矢となって、僕の胸に深々と刺さった。

そうだ……。恭平がセックスしてくれれば僕は詩える。

精液を吐き出すように手が勝手に詩を綴り、ごはんも食べられるのに——。

「どうして……抱いてくれないんだよ」

タオルケットの中で、僕は呻《うめ》くように言った。シーツは涙と鼻水でぐちょぐちょだ。

頼りなく呼ぶ声に、ゆっくりとタオルケットの中から顔を出す。涙で歪んだ視界に恭平の困り顔が見えた。

「……舜？」

「恭平……お願いだから、ぼくとセックスし……て。そしたらちゃんと、書くから……っ」

嗚咽《おえつ》に邪魔されて、まともに喋れない。苦しくて、切なくて、考えるのが面倒になる。

暗くて狭い、ジメジメした押し入れに隠れたら、この苦しみから逃げられるだろうか。

「篠崎先生、僕からもお願いします。これじゃあんまりにも……宮脇先生がかわいそうだ」

柊木の声にいつもの暑苦しさはない。穏やかで低い声が、僕にはこのときはじめて優しく聞こえた。

「それは、できない」

少しの沈黙の後、恭平はうっすら潤んだ瞳で僕を見つめ、はっきりと言った。

「舜の詩集を世に出すこと。そして、彼を真《ま》っ当《とう》な人間に育て上げることが、須藤教授の遺言だった。私はその遺志を果たさなければならない」

「先生のために抱かないと、そう仰るんですか？」

柊木が問い返す声に、恭平が頷く。

「私は舜を、詩を書く道具したい訳じゃない。きみにも、出版社にも迷惑をかけてしまって申し訳ないと思うが、どんなに責められても、私は今の舜を抱いてやることはできない」

何度も何度も、恭平が僕を地獄に堕《お》とすような言葉を繰り返した。

「彼はまだ、世間を知り始めたばかりの子供だ。恐ろしいほどの吸収力で、人並み以上の学力を身につけはしたが、生きることの意味どころか、世に存在する様々なものに意味があることすら知らない。どれだけ説明しても、医者にかからせても……自分の常識が誤りだと、理解できないままでいる」

柊木に話しているはずなのに、恭平は僕をまっすぐに見つめて淡々と続ける。

「須藤教授の遺言に従って詩集を発行し、大学にも入れてやることができた。ただ、詩集はある程度話題になると確信していたが、ここまでの反響は予想していなかった……」

「出版界にとっても、衝撃作でしたからね」

柊木が相槌《あいづち》を打つのにも、恭平は僕から視線をそらさなかった。

「詩集の発行をきっかけに、舜はやっと社会に一歩踏み出した。大学に進学したことで、これからは多くの人が、舜の詩だけじゃなく本人にも目を向けるだろう。過去を暴《あば》き立てる人間だって、いつ現れてもおかしくない。今までのように、私の腕の中に閉じ込めておくのも難しくなる。それに私だって……舜にはもっと広い世界を知って欲しいと願っている」

僕はふと違和感を感じた。

「……？」

外の世界なんて、もう恭平が僕に教えてくれたじゃないか。

暗くて狭い闇の世界から、澄んだ青空と太陽の下で僕はこうして生きている。

もう、僕には充分なのに……。

「私に与えられた使命は一刻も早く、彼を自立させてやることだ。須藤教授もそれを望んでいらした。舜を真っ当な人間に育ててくれと、私の手を強く握って……」

「仰ることは、分かります。けれど、性急過ぎませんか？」

恭平の声に重なるように、柊木が言った。

「きみに、何が分かる」

反射的に、恭平が言い返す。

「分かりません。……ですが、どうして徐々に慣らすこともせず、急に突き放すようなことを？　彼の健康状態にも影響が出ることは、充分に予測できたはずです」

僕も柊木と同じように疑問に思っていた。

「……恭平、どうしてそんなに、僕とセックスするのを嫌がるんだよ？」

点滴の管を気にしながらベッドの上を這い、悄然と立ち尽くす恭平を見上げる。

「舜」

僕を見つめて唇をきつく引き結んだかと思うと、やがて恭平は深呼吸をひとつした。そして、ゆっくりと口を開く。少し薄めの唇から発せられた声は、いつになく弱々しく掠れていた。

「舜、お前が……抱き合うことの本当の意味を――」

そのとき、ベッドに備え付けられたナースコールのスピーカーのチャイムが鳴った。

『須藤さん。心療内科の診察時間なので、もう少ししたらお迎えに伺いますね』

恭平の答えがナースセンターからの呼びかけに掻き消されてしまう。

一番大切な部分を聞き逃してしまった僕は、縋《すが》るような想いで恭平に呼びかけた。

「恭平、今……なんて？」

恭平が困ったように眉を寄せ、唇の端だけ上げたぎこちない笑みを浮かべる。

「聞いていなかった、お前が悪い」

「え」

「自分で考えろと言っただろう?」

感情の欠片も感じられない冷たい声が、うわんうわんと頭の中で繰り返し響く。突きつけられた言葉の意味を理解することを、脳が拒否しているようだった。

「……っ」

ベッドに蹲り、両手で口を覆う。そうしないと、大声で泣き叫んでしまいそうだった。

「なんで……っ?」

そう言うのが精一杯だった。どうしようもなく苦しくて、どうしようもなく悲しい。

僕は、恭平に嫌われてしまったのだろうか。真っ当じゃないから、もう面倒見切れないと、見捨てられてしまうのだろうか。

僕には分からなかった。

「篠崎先生、その言い方はあんまりじゃないですか」

柊木が僕を庇《かば》ってくれるけれど、動揺は少しも収まらない。

どうしてこんなに悲しいのか、ちっとも分からない。

堪え切れない涙がぼろぼろと溢れる。

「恭平っ……」

ただ、抱いてくれればいいだけなのに、どうして拒《こば》まれるのか分からない。

柊木が言ったとおり、セックスさえしてくれればごはんもちゃんと食べられるし、詩だってきっとたくさん書けるだろう。

そしたら恭平も、柊木に責められることもない。

「僕が真っ当だろうが、人と違っていようが、そんなことどうだっていいだろう？　セックスさえできれば、何もかも全部上手くいくんだからっ！」

「分からないのか、舜。俺はもう、あの男の代わりはできないと言っているんだ」

苦しげだった恭平の表情が一変していることに、僕はそのときやっと気づいた。まるで能のお面を被っているような、感情のない冷たい瞳。

「な、なに……言ってるんだよ。恭平」

「それでも、どうしても抱かれたくて仕方がないなら、他をあたってくれ。今のお前を、俺は抱いてはやれない」

声も出なかった。完全に恭平を怒らせてしまった。

今さら気づいても、もう遅い。

「きょ……恭平っ」

恭平は僕に背を向けて、講義に向かう準備を始める。

「柊木さん、午後の講義に間に合わなくなるので私は失礼します。……舜、カウンセリン

グは真面目に受けるんだ。いいね」

僕をちらりとも見ないで言うと、恭平は呆気《あっけ》なく背を向けた。

「恭平……っ」

呼んだって、返事もしてくれなかった。

嫌われてしまった。ママのように、恭平も僕を捨てるに違いない。

「……いやだっ」

言い知れぬ恐怖に襲われて、涙がドッと溢れる。

「……宮脇先生」

全身を瘧《おこり》のように震わせて泣く僕の背中を、柊木が躊躇《ためら》いがちに摩《さす》ってくれる。

「大丈夫です、篠崎先生は……宮脇先生を見捨てるようなことはしませんよ。きっと宮脇先生のことを思って、あんな態度をとってらっしゃるだけです」

柊木は一生懸命にそう言って、僕を落ち着かせようとしてくれた。

「それより、僕が出しゃばり過ぎました。反省しています。ですから先生……もし、どうしても書けないと仰るなら、無理せずに身体を治すことに集中して……」

僕の背中を繰り返し撫でる柊木を遮って、声を張りあげた。

「詩は……いっぱいここにあるんだっ！」

嗚咽に肩を喘がせながら、僕は点滴の針の刺さった右手で胸を叩いた。

「いつだって、僕の中にはドロドロしたものが溢れてる……っ！　けどそれを……詩にして吐き出すには、セックスして気持ちよくならないと……っ」

泣き喚《わめ》く僕を、柊木は背中を摩るのも忘れて見つめていた。

「よ……く分から……ないけどっ……僕は、いつだって……いっぱい胸の中に……抱えて……それをセックスが……っ」

僕はとうとうベッドに突っ伏して、わんわんと小さい子どもみたいに泣きじゃくった。

恭平がどうして僕とセックスしてくれないのか、分からない。

食べるため以外に、セックスする意味なんか僕は知らない。

恭平がそれを教えてくれればいいのに、意地悪く「自分で考えろ」なんて突き放す。

「うう……っ、ふ、ぅぅっ」

「宮脇先生……、あんまり泣くと身体に障ります」

どれほどの時間、僕は泣き続けていただろうか。柊木に遠慮がちに肩をそっと撫でられて、ようやくぐしゃぐしゃの顔を上げた。

「お顔、拭きましょう。せっかくのきれいな顔が台無しです」

涙でぼやけた視界に映る柊木の目も、少し潤んでいるようだった。

「さあ、横になってください。どこか辛いところはないですか？　看護師さん、呼びますか？」

僕があんまりみっともなく泣いたせいだろうか。柊木がそれこそ小さな子供に接するような態度で、甲斐甲斐《かいがい》しく世話してくれようとする。

「いい……平気だから」

グスンと思いきり洟《はな》を啜って、僕はおとなしくベッドに横になった。枕許にあったフェイスタオルで、柊木が丁寧に涙と鼻水で汚れた顔を拭ってくれるのにも素直に応じる。

「柊木……さんは、僕のこと……おかしいって思わない？」

汚れたタオルを洗面台で洗う柊木の背中に、僕はそっと訊ねた。

「……話して欲しいとお願いしておいて、こんなことを言うのはおこがましいのですが、かなりショックではありました。宮脇蒼は、僕にとって神にも等しい存在ですから」

固く絞ったタオルを持ってゆっくりとベッド脇に戻ってくると、柊木は溜息を吐きながらパイプ椅子に腰を下ろして続けた。

「けれど、おかしいとは思いません。ただ、かわいそうだな……とは思ってしまいます」

「かわいそう？」

鸚鵡《おうむ》返しに問い返すと、柊木が苦笑を浮かべて頷いた。

「先生ご自身は、そうは思ってらっしゃらないみたいですね」

柊木の言うとおり、僕は自分がかわいそうだなんて思ったことは一度もない。

「それが救いと言えば、そうなのかもしれませんが……やはり僕は、かわいそうだなぁって思ってしまいます。所詮《しょせん》、凡人《ぼんじん》ですからね」

柊木がどうしてそんなふうに思うのか、僕には想像もつかなかった。

「ですが先生の生い立ちを知って、僕は余計に、宮脇蒼のためならどんなことでもして差し上げたいと改めて思いました」

「……どんな、ことでも？」

首を傾げて見返した先には、いつもの暑苦しさをたたえた柊木のキラキラとした表情があった。

「どこまでできるか分かりませんが、担当として宮脇先生のためにできる限りのことをしたい。詩集のことだけじゃなく、その、許していただけるなら、生活面でのこととか……」

「僕の、味方になってくれるって意味？」

柊木の思惑を計りかねて、僕は確認の意味を込めて訊ねた。

「はい。だってこんなにお辛そうなのに、黙って見ていることなんてできませんよ」

腰かけたばかりのパイプ椅子から勢いよく立ち上がって、柊木が僕の骨の浮き出た手を握って言った。

「篠崎先生のお気持ちも分からないでもない。ですがやっぱり僕にとって優先すべきは宮脇先生です。頼りないかもしれませんが、何かあったらいつでも連絡してください。これ、プライベートの連絡先も書いてありますから」

早口で言いながら、柊木が僕の手に名刺を握らせる。

最初は、なんて暑苦しい面倒な男だろうと思ったけれど、恭平に見捨てられた今となっては、柊木は唯一の味方のように思えた。

「じゃあ……」

ふっくらした柊木の手を、僕はそっと握り返す。

「僕とセックスしてくれる？」

「え？　……や、あのっ」

慌てて手を引こうとするのをしっかりと握り締めて、僕は言い募《つの》った。

「僕のためになんでもしてくれるって言ったよね？」

柊木が目を白黒させて言い淀《よど》む。

「そ、それは……あの、僕は……そういう経験はないですし、それに……篠崎先生も仰っていたとおり、根本的な病気の回復には……っ」

「嘘つき！　さっきは恭平にセックスすればいいって言ったじゃないか！」

「そ……それはその売り言葉に買い言葉というか……っ」

さっきまで意気揚々《ようよう》と輝いていた柊木の顔が、今はひどく情けなく歪んでいた。

「須藤さん、失礼します」

そのとき、病室のドアを軽くノックして若い男の看護師が顔を覗かせた。女性が苦手な僕のために、病院はわざわざ男性看護師を担当にしてくれている。

「あ……」

あからさまな安堵の声と表情を浮かべ、柊木が素早く僕の手を振り解く。

「どうかしましたか？」

看護師の質問に、僕はそっぽを向いた。

「いえ、なんでもありません」

代わりに柊木がよそよそしい返事をした。そして分厚いビジネスバッグを抱えて、逃げるようにドアに向かう。

「じゃあ、僕は失礼します。また、ご連絡しますね。お大事になさってください」

看護師が不思議そうな顔をしていたけれど、僕は唇を引き結んだまま黙り込んでいた。

栄養状態が改善し、体重もある程度まで回復したこともあって、僕は約一カ月の入院の後に退院した。

【三】

二階の南側にある僕の部屋の窓からは、大きな桜の樹が見える。濃い緑の葉の向こうに見える空は毒で染めたかのように真っ青だ。降り注ぐ蟬時雨《せみしぐれ》が、鼓膜に心地よい振動を与えてくれる。

まっさらな原稿用紙を前にしてぼんやり座っていた僕に、麻《あさ》の単衣《ひとえ》を着た恭平がにこやかに話しかけてきた。

「休んでいた間の講義のまとめと、レポートの課題に必要な資料だ」

目の前に差し出された本やプリントに、無言で目をやる。

退院して一カ月が過ぎていた。

今日、僕はどうにか無事に大学の前期試験を終え、明日からは人生ではじめての夏休みを迎える。

「通院があるから大変かもしれないが、少しずつ、またやり直すつもりでゆっくり頑張ろうな」

入院する前も定期的に心療内科へ通っていた。もうずっと効果があるのか分からないカウンセリングを受け、飲みたくもない薬や栄養剤を処方されている。

病室で言い争ったのが嘘みたいに、恭平は今までどおり僕にとても優しく接してくれていた。以前と変わらず通院のたびに時間をやりくりして、必ず付き添ってくれる。

変わらない態度が余計に僕を不安にさせるのだけれど、それを恭平にぶつける勇気が僕にはない。

「夏期休暇は一カ月以上ある。慣れない作業だろうが、お前なら充分こなせる。焦らなくても大丈夫だよ」

手渡されたプリントや本の束を見れば、恭平が僕のためにどれだけ手を尽くしてくれたのかが分かった。自分の担当する講義やゼミの他、研究の調べものだってあっただろうに、本当に申し訳ない気持ちでいっぱいになる。

僕は今まで当然のように恭平に甘えていたんだと、今さらながらに痛感した。

「調子がいいようなら、うちのゼミのイベントに参加してみるのもいいんじゃないか？もちろん、無理はしなくてもいい。……ただ、ゆっくりお前のペースで構わないから、少しずつ学生たちとも馴染んでいけばいい」

友だちをつくれと、恭平が繰り返す。

「いろいろな人と付き合って、自分の知らないことを知って、見て、経験することは、お前にもいい刺激になるはずだ」

蟬の鳴き声が、急に耳障りに感じられた。

「きっと、新たな創作意欲も湧《わ》いてくる」

「……恭平」

机に置かれたプリントをパラパラとめくりながら、僕はぶっきらぼうに言った。

「もう、詩は書かないって言ったら、どうする？」

柊木は書けないなら待つと言ってくれたけれど、上司からせっつかれていることを僕はなんとなく察していた。

――きっと、柊木も困らせてしまうんだろうな。

涙ぐみながら味方になってくれると言ったのに……と、胸がチクリと痛んだ。

「どうしたんだ、急に」

わずかに目を眇《すが》めて、恭平が訝《いぶか》しむ。

僕は今、『書かない』のではなく『書けない』のだということを、恭平はどれだけ理解しているのだろう。お養父さんとの約束もあるし、僕が詩を書かないとなれば、恭平もやっぱり困るのかなとぼんやり思う。

「だって、ごはんは食べられなくても、病院で薬とか点滴とかすればなんとかなるけど、詩はそうじゃないから」

思いつくままを口にして、恭平の反応を窺う。

「詩を、書かない？」

恭平の反応は、意外なものだった。少し驚いたふうに瞬きしたかと思うと、焦った様子で身を屈め、僕の顔を覗き込んだ。

「書きたくないのか、舜？」

「ち、違うっ……例えばの、話だよ」

切れ長の瞳に見据えられて、僕は咄嗟にそう答えた。僕の他愛《たわい》のないひと言で、恭平がこんなに焦るなんて思ってもいなかった。

「……例え話にしても、タチが悪い」

低くくぐもった声で言って、恭平がホッと溜息を吐く。そして、癖のある豊かな髪を右手で掻き乱しながらゆっくりと背を伸ばした。

「なあ、舜。俺はくだらない人間だから、お前のように才能のある人間の苦労を、きちんと理解するのは難しいかもしれない」

恭平が大きな手で、今度は僕の細っこい髪を撫で梳《す》き始める。

僕はその感触にうっとりとなりながら、恭平の淡々とした語りに耳を傾けた。恭平が朗々《ろうろう》と語る声を聞いているのが、僕は昔から好きだった。

「だからこそ、お前の詩をはじめて読んだときに、一生を捧げてこの才能を守り続けるのが俺の使命だと、改めて痛感したんだ。……なあ、舜」

鼓膜を震わせる心地よい低音と、髪を弄《もてあそ》ぶ器用な指の動きに、僕はいつしか股間を熱くしてしまう。

「……ん」

下腹の疼《うず》きを誤摩化すように、背中を丸めて頷いた。

「お前と……お前が生み出す詩が、俺のくだらない人生に意味を与えてくれたんだよ」

僕ががむしゃらに書き綴った詩を読むときの、恭平のなんとも言えない幸せそうな表情を思い浮かべる。

「けれど、お前が書きたくないのなら強要はしない。ただ須藤教授の遺言でもあるし、できることなら詩を書き続けて欲しい」

きっと恭平の本心だろう。

飽きることなく僕の髪を撫でる恭平の指先から、その想いが伝わってくるようだった。けど……だからこそ、僕はどうしようもなく理不尽に感じてしまう。

詩集を出したことだとか、大学に行くようになったことだとか――それがきっかけだったと言うのなら、僕にとっては不本意極《きわ》まりない。

そんなことのせいで恭平が僕を抱いてくれなくなったり、突然病気だからちゃんと治せと言うなんて、本当に勝手過ぎると思う。

詩集だって大学だって僕はどうでもいいのに、もっと広い世界を知れだとか、セックスなしでもごはんを食べろとか、人と交われだの友だちをつくれ自立しろだの……恭平がどうして急にそんなことを言い出したのか分からない。

もういっそ、あのじめじめした暗闇の中に戻ってしまいたいくらいだった。

「だったら、セックスしてくれればいい」

意味のない堂々巡りだって分かっているのに、僕は言わずにいられなかった。

「詩を書かせたいなら、セックスすればいい。ごはんだって食べられるし、柊木さんも困らないし、恭平だって……」

「舜、それじゃダメなんだって、何度も言ったはずだろう」

優しい手が、すぅーっと離れていく。心の奥が引き絞られるような寂しさを感じて、ほんのり生まれかけていた疼きが消えてしまった。

「食べさせるためや、詩を書かせるためにに、お前を抱きたくはないんだよ」

恭平が困惑と苛立ちの入り交じった表情で僕を見つめる。

怒っているのも、困っているのも僕の方だというのに、まるで責めるような目をする恭平が恨《うら》めしくて堪《たま》らなかった。

「きょ……恭平は、勝手だよ！」

上擦《うわず》った声をあげ、僕は椅子から立ち上がった。怒りに任せて机の上のプリントやノートを払い除ける。白い原稿用紙が数枚、開け放った窓からはらはらと舞い落ちていく。

「僕が……どんな気持ちでいるかなんて、全然分かってない！」

恭平の単衣の襟を両手で鷲掴《わしづか》んで、僕は力任せにガクガクと揺さぶった。けれど、痩せた腕でどんなに揺すっても、恭平はびくともしないでただ黙って見下ろすばかりだ。

「勝手……か」

独り言のように呟いたかと思うと、恭平が僕の右腕をそっと掴んだ。点滴の痕が残る青白い腕を、血管の浮いた男らしい腕がやんわりと引き剝がす。

「お前の言うとおり、確かに俺の身勝手だよ」

「……恭平?」

わずかに汗の滲んだ手に掴まれた部分が、何故だかひどく熱く感じた。いつになく真剣な恭平の眼差しに、僕は何も言えなくなる。

「舜、俺はお前を……愛している」

何度も何度も、繰り返し囁かれてきた言葉が、再び僕の前に立ちはだかる。

「だから、今のままでは……辛いんだ」

その瞬間、恭平の表情がくしゃりと崩れた。風呂場のガラス窓に描いた絵みたいな、まるで泣き顔のような微笑みを浮かべる。

「なんで、恭平が辛いんだよ」

辛いのは、苦しいのは僕ばかりだと思っていた。

すると恭平が小さく溜息を吐いた。

「お前が好きだから、辛いんだ」

「僕だって……恭平が好きだよ？」

「……お前の好きと、俺の好きは違うんだ」

好き――は、いい言葉だと思っていた僕にとって、恭平の答えはまさに青天の霹靂だった。好きなのに辛い、という言葉の繋がりが、僕には理解できない。

「俺の身勝手で、お前を苦しめていると分かっていても、もうどうにもならない」

恭平の意思の固さが、摑まれた腕からビリビリと伝わってくるようだった。

「もう……本当に、僕とセックスしてくれない？」

言葉に尽くせない不安が、薄っぺらい身体に溢れる。

このままでは、本当に恭平に見捨てられてしまうかもしれない。

「僕が……食べないから？」

「違う、そうじゃない」

「詩を書かないから？　友だちをつくらないから？　ねえ、恭平……どうしたら、また僕とセックスしてくれる？」

恭平の腕を振り解き、僕は長身の胸に身体を預けた。ひやりとした麻の感触に続いて、懐かしく感じる体臭が鼻腔《びくう》をくすぐる。

「ねえ……恭平っ！」

「いい加減にしないかっ！」

一瞬、心臓が止まるかと思った。

「……ッヒ」

息が詰まる。涙がドッと溢れ、間近に見上げた恭平の顔もはっきりと見えない。

「頼むから……分かってくれ」

苦しげな声が頭上から聞こえて、ゆっくりと恭平が僕を押し戻す。

「……うぅっ」

恭平が部屋のドアを閉じる音に、蟬の鳴く声が虚《むな》しく重なって聞こえていた。


「はい、そうです。きっと心配されていると思って、とりあえずご連絡を……」

携帯電話を手に何度もお辞儀する柊木の背中を、僕は腫れぼったくなった瞼の隙間から眺めていた。

「それが、どうしても帰らないと仰って……。は？　いや、そんな……っ」

恭平に突き放されたショックから、僕は家を飛び出した。

「けど篠崎先生……確かに、上に話せばできないことはないかもしれませんが……ええ、はい……」

頼れる知り合いなんて、柊木の他に誰もいない。

渡されていた名刺に書かれた連絡先に家の最寄り駅から電話すると、柊木が血相を変えてタクシーで駆けつけてきた。

「分かりました。一応……上司に持ちかけてみますが……。はい、また追ってご連絡差し上げます」

きっと仕事中だったろうに、柊木は僕の顔を見ると開口一番に「頼ってくれて嬉しい」と笑った。そうして詳しい事情を訊かないまま、僕を近くのファミリーレストランに連れて来てくれたのだ。

「篠崎先生には、僕と一緒にいるとお話ししておきました」

電話を終えた柊木は、窓際の席で背中を丸める僕に溜息を交えて言った。

「恭平、怒ってただろ？」

柊木が注文してくれたココアを啜りながら、僕は不安と期待に胸を震わせながら問う。

「さすがに黙って出てこられたことは怒ってらっしゃいましたけど、宮脇先生が帰りたくないと言っていると伝えたら、そのままカン詰にして詩を書かせてやってくれなんて、突拍子もない提案をされて驚きましたよ」

「え」

思わず耳を疑う。てっきり早く帰ってこいと言われると思っていたのに……。

「明日から夏休みに入るそうですね。費用は負担するからと仰って、編集部の方でホテルでもどこでも、ゆっくり詩作できる環境を整えてくれないかって……」

いきなり僕を押しつけられて、柊木もさすがに困惑顔だった。

「……いいよ」

「は？」

柊木が間の抜けた声を漏らす。

「柊木さん、この前僕に言っただろ。僕の力になれるなら、なんでもするって」

「確かに言いましたし、今もその気持ちは変わりませんけど……本当にいいんですか？」

柊木は生真面目そうな顔を強張らせて言った。

「僕が詩を書かないと柊木さんだって困るんだろう？　家にいたって書けないんだし、恭平がそうしろって言うなら遠慮することなんかない」

ぶっきらぼうに言いながらも、内心では泣きたい気持ちでいっぱいだった。

恭平が僕を他の人に預けるなんて、今まで一度だってなかった。ほんの数時間前までの優しかった恭平の顔が、夢のように遠く感じられる。

「宮脇先生が構わないと仰るなら、上司と相談してすぐに手配をしますけど」

柊木はまだ混乱している様子だったけれど、僕が大きく頷くと、すぐに編集部に連絡を入れた。

そうしてその日の夜から、僕は柊木と二人で都内のホテルで『詩作のため』に過ごすことになった。


出版社が僕のためにとってくれた部屋は、都心にそびえ立つ高層ホテルの、無駄に広くて豪華な部屋だった。

しっとりとした革張りのソファに腰かけ、僕は大きなガラス窓の向こうに広がる霞《かす》んだ東京の景色をぼんやりと眺めた。

「熱いですから、気をつけてくださいね」

柊木がココアの入ったマグカップを手渡しながら言う。

「うん」

恭平とどんな話をしたのか、僕は聞かされていない。

柊木からは僕の気が済むまで——できれば詩の一篇《いっぺん》でも書けるまで、ホテルにいていいと言われている。

あとは、通院だけは欠かさないこと。付き添いも柊木が恭平に代わって一緒に行ってくれることになった。

——やっぱり、恭平はもう僕のことなんてどうでもよくなったんだ。

経験したことのない寂しさを、甘いココアの匂いで誤摩化す。

「あの、宮脇先生」

マグカップに唇を寄せてふぅふぅと息を吹きかけていた僕に、向かいに腰かけた柊木がおずおずと問いかけてきた。

「何……？」

ズズッとひと口だけココアを啜って、僕はマグカップをテーブルに置いた。

「それにしても、篠崎先生はどうして……急に宮脇先生を僕に預けるなんて仰ったんでしょうか。先生、何か思い当たることはありませんか？」

「え――？」

僕は驚いた。柊木は恭平からちゃんと事情を聞いていると思っていたからだ。

「僕がどんなに訊ねても、篠崎先生は何も答えてくださらなかったんです」

僕は一瞬、呼吸を忘れそうになった。

「思い当たることなんて、言われても――」

思考が定まらない。急に喉の渇《かわ》きを覚えて、僕は再びマグカップに口をつけた。そして、ちびりと唇を濡らす。

『舜、ちゃんと自分で考えるんだ。いろいろなことをじっくりと考えて、自分で決められるようになれ』

『お前の好きと、俺の好きは違うんだ』

甘い液体を嚥下《えんか》した瞬間、不意に胸が締めつけられて強烈な痛みに襲われた。

「……宮脇先生？」

黙ったまま俯《うつむ》く僕を、柊木が心配そうな顔で覗き込む。

「――っ」

胃がひっくり返るような苦しさに唇を嚙み締めた。

どうしてこんなに辛いのだろう。

嘔吐感《おうとかん》じゃない。

空腹感じゃない。

身体が辛いのなんて、いくらでも我慢できる。

でも、胸が痛いのは、心が苦しいのは、どうにも耐えられない。

『愛しているよ』

「きょうへ……ぃっ」

「え、なんですか？　先生……？」

柊木が驚いた様子で立ち上がった。

「……大丈夫、ちょっと疲れたから、もう寝る」

懸命に平静を装《よそお》って言った。そして、ふらふらと寝室へ向かう。

『お前が好きだから、辛いんだ』

息苦しさに喘ぎながら、僕は恭平の言葉の意味を探し倦《あぐ》ねていた。


柊木とのホテル暮らしが数日過ぎても、僕は一篇の詩も書けないでいた。それどころか、食事がほとんどまともに摂れず、体調も悪くなる一方だった。

恭平とは、家を飛び出した日から会っていない。

柊木のところには電話やメールがあるみたいで、僕の様子も伝わっているんだろう。なのに、恭平は何も言ってこない。声さえ聞いていない。

いよいよ見捨てられたんだと、僕は確信するほかなかった。

大きくてふわふわのベッドに横たわった僕を、柊木が心配そうに覗き込んで言う。

「宮脇先生……。篠崎先生に正直にお話しして、病院へ行った方が……」

「え」

病院——という言葉に、僕は激しく首を振った。

注射針や点滴、消毒液の匂いといった嫌な記憶が甦り、途端に身が竦《すく》む。

「い、嫌だ……っ！　病院だけは、絶対に嫌だ」

昨日からココアすら喉を通らなくなっていて、柊木が心配して病院へなんて言うのも仕方ないと思う。

けれど、病院だけは嫌だった。普段の通院だけでも嫌で堪らないのに、また入院なんてことになったら、いっそ死んだ方がマシだとさえ思う。

「だったら、せめて栄養剤だけでも飲んでください。」

柊木が身を屈めて僕の顔を覗き込む。彼は本当に僕によくしてくれていた。聞けば僕とホテルで過ごすために、他の作家の担当を外してもらったらしい。

『それだけ社の方でも、宮脇先生に期待しているということですから、気になさらないでください』

柊木はそう言って笑ったけれど、さすがの僕でも申し訳ないと思う。

とにかく柊木は恭平とは違った形で、僕にいろいろ教えてくれた。読んだことのない本や、柊木のお気に入りの詩集を見せてくれたり、何かと気遣ってくれる。

――これでセックスしてくれたら、少しは調子もよくなるかもしれないのに……。

「それとも、ココアの方がいいですか？　ああ、ほら……この前頼んだ、上にホイップクリームをのっけたやつ。あれをルームサービスで持ってきてもらいましょう」

ホイップクリームのココアは、このホテルに来て二日目にはじめて出会ったものだった。クリームの味はよく分からなかったけれど、舌の上で蕩《とろ》けるふわふわした感触が僕は気に入った。

それを、柊木はちゃんと覚えていてくれたらしい。

「じゃあ、頼んできますから」

にこりと微笑んで立ち去ろうとする柊木の背中に、僕は掠れた声で呼びかけた。

「……いらない」

ココアなんて、恭平が淹れてくれたのじゃなきゃ、きっともうまともに飲めやしない。

何故だか分からないけれどそう思った。

「でも、先生……」

足を止めて振り返った柊木が、ゆっくりと僕のそばへ戻ってくる。

「何か口にしないと……薬だって飲めていないじゃないですか」

枕許にしゃがみ込んだ柊木の眉間には、深い皺《しわ》が刻まれていた。

「柊木さんが……セックスしてくれればいい」

「——え」

驚く柊木の手を、僕はそっと捕まえた。骨の浮いた手で、ペンだこのある健康的な手をぎゅっと握り締める。

「僕のためなら、なんでもしてくれるって……言ったよね？」

のそりと起き上がり、驚きに身を硬くした柊木の胸にしなだれかかる。

「あ、あのっ……確かに、言いましたけど……。でも、僕はその……っ」

狼狽《うろた》えつつも、柊木は僕の肩をしっかりと支えてくれた。

「シてくれたら……ごはん食べるよ。きっと詩も書ける……だからさ」

言いながら柊木のポロシャツの裾を手繰る。

「ままま……待ってください！　先生っ……あの、ほらっ……汗かいてますし、シャワーくらいは、した方が……っ」

柊木が身を捩《よじ》りながら抵抗するけれど、僕は構わず抱きついた。

「そんなの、気にしない」

ポロシャツの中に手を忍び込ませ、直接柊木の脇腹に触れる。しっとり汗ばんだ肌は、僕のよく知る恭平のものとは随分と違った手触りがした。

「……大丈夫だよ、僕……ちゃんと柊木さんのこと気持ちよくしてあげられる」

胃の奥がチリチリと爛《ただ》れたように痛むのは、きっと空腹のせいだ。セックスして食べれば、きっとすぐに痛みも消える。

「セックス……しよう、柊木さん」

「やめてください――っ！」

耳を劈《つんざ》く声に、一瞬、頭が真っ白になる。

次の瞬間、僕は衝撃とともにベッドに押さえつけられていた。

「いくら宮脇先生の頼みでも、……できないことだってあるんです」

僕の肩を両手でしっかりと押さえつけ、柊木がゼイゼイと息を喘がせながら見下ろす。

「……痛っ」

肩を力一杯押さえつけられて、僕は痛みに顔を歪めた。骨ばった肩に柊木の指が食い込んでいた。

「他のことなら……なんだってしてします。僕は……本当に宮脇蒼の詩が好きなんです。それだけじゃない……先生の担当になって、先生を知って……何か力になれたらって、純粋にそう……思っているんです」

柊木が怒りとも悲しみともつかない複雑な顔で訴える。

「い……痛いっ」

「お願いですから、食べてください……っ」

喘ぐように叫んだかと思うと、柊木が突然僕を抱き締めた。そして肩口に顔を埋めたまま「お願いします、食べてください」と繰り返す。

「……やっ」

吐息が首筋に触れるたび、全身に悪寒が走った。

涙で霞む視界に、柊木の肩とやたらと白い天井が映る。

「うっ……うぅっ」

息もできないような抱擁《ほうよう》に身が軋《きし》む。胸が苦しい。

「ごめ……っ」

悪寒はいつしか、恐怖へとすり変わっていった。手足の先から体温がどんどん失われ、感覚が消えていく。

薄暗い部屋の中、身体をきつく縛《いまし》められるような感覚に、僕は堪え難い恐怖を覚えた。

「ご、ごめっ……なさぃ、ごめ……ごめん……さいっ」

カチカチと歯を鳴らしながら、僕は夢中で謝る。震えはあっという間に全身に広がり、瘧《おこり》に罹《かか》ったかのようだった。

「せ、先生……？」

僕の変化に気づいた柊木が、慌てて抱擁を解く。それでも、震えは止まらない。

「ごめっ……ごめんなさぃっ、……ごめんなさいっ」

眉を寄せて見下ろす男に、僕は囈言《うわごと》のように謝罪を繰り返した。

「先生、どうしたんですかっ？」

柊木が驚きと不安に満ちた瞳で僕の顔を覗き込む。

「宮脇先生、大丈夫ですか？　すみません、もう怒鳴ったりしませんから」

肩を摑まれ、激しく揺さぶられる。

「ひっ……ぃ」

ガクガクと全身を激しく揺さぶられ、僕は遠い記憶を甦らせた。

この後、きっと僕は……殴られる。

「いっ……いやぁっ、ごめんなさ……いっ！」

僕は肩を竦め、叫び声をあげた。そして、襲いくるであろう衝撃に耐えるべく目を固く閉じ、奥歯を噛み締める。

「せ、先生っ？」

訝しむ声が、僕には責め苛《さいな》む声に聞こえた。

「ごめんなさいっ……ごめんなさいっ！」

「しっかりしてください、先生っ！　大丈夫ですかっ？」

頬を軽く叩かれ、目を開けるように促される。

「あ……」

おずおずと瞼を開くと、潤んだ目に心配そうな顔をした柊木が映った。

「きょ……ぉへい」

落胆と同時に、その名が口を突いて出た。

「恭平っ……、恭平っ！」

目の前の男は、どうして恭平じゃないのだろう。

不条理な現実を思い知らされた瞬間、目の奥がカッと熱くなる。

直後に、僕は自分でも信じられないような力で、柊木の胸を押し退けていた。

「あっ、先生……っ！」

柊木の腕をかいくぐるようにしてベッドを抜け出し、一目散《いちもくさん》に寝室を飛び出す。

「待ってください、先生っ！」

呼び止める声を無視して、僕は走った。まともに食べていないせいで、脚がもつれて何度も転びそうになる。

「先生、どこへ行くんですか！」

柊木の声から逃げるように飛び込んだのは、バスルームだった。

「はぁっ……」

ドアを閉じて内側から鍵をかけると、僕はそのままバスタブに身を潜めた。つるりとした冷たいバスタブに膝を抱いて蹲《うずくま》る。

「先生っ！　どうしたんです！」

柊木がドンドンとドアを激しく叩いて僕を呼ぶ。

僕は両手で耳を塞いで、身体を小さく丸めた。

灯《つ》りを点けないままのバスルームは、まるで真っ暗な押し入れの中のようだ。

「先生、開けてください！　せめて……返事をしてくれませんか」

「恭平……っ、恭平」

ガチガチと震える唇で呼び求めるのは、もう何日も顔を見ていない恭平の名前だった。

暗闇の中、優しく微笑む恭平の顔を思い浮かべると、どうしようもなく涙が溢れて止まらない。

「恭平っ……怖いよ。……きょぉへいっ……恭平っ」

柊木の吐息が触れた部分がどうしても気持ち悪くて、僕は手探りでシャワーのコックを捻《ひね》った。

「あ……」

頭上から、冷たい水が激しく降り注ぐ。

僕は夢中で首筋から肩、胸や脇腹を手で擦《こす》った。

誰かに触れられて、気持ち悪いなんて思ったのははじめてで、どうしてこんなにザワザワするのかも分からない。

肌に張りつくパジャマを脱ぎ捨て、下着も投げ捨てる。

「うぅ……っ、恭へぃ……っ」

水に打たれながら嗚咽《おえつ》を漏らし、恭平に優しく抱かれた思い出を脳裏に浮かべた。ココアの甘い香りと恭平の少し掠れた低い声が、僕をじんわりと包み込んでいく。

外から僕の名を叫ぶ柊木の声やドアを激しく叩く音も、やがて聞こえなくなっていった。

「恭平……、会いたいよぉ」

暗いバスルームに、シャワーの音と僕の嗚咽だけが響く。

じめじめとした押し入れの中へ――幼い頃、外の世界なんてまるで知らなかった頃へ戻ったような、どうしようもない寂しさに包まれる。

身体の中はどろどろのグチャグチャで、得体の知れないどんよりしたものがどんどん溜まっていく。

「……うぅっ」

どれくらいの時間、水に打たれ続けただろう。

僕は座っているのも億劫《おっくう》になって、ずるずるとバスタブの中に倒れ込んだ。

そして、小さな排水口に吸い込まれていく水音をすぐそばに聞きながら、ゆっくり眠るように意識を手放していった。


かすかな人の気配に、意識の糸が一本また一本と縒《よ》り合わさり、太く確かになっていく。

「……で、待っていてくれますか」

懐かしい声と同時に、ザーザーと激しい雨の音が聞こえた。

頬や肩、全身を打つ冷たい雨を感じて、ともすればすぐに解けてしまいそうな意識を手繰り寄せる。

水がちょろちょろと流れる音。

瞼を打つ飛沫《しぶき》。

「……ゅん」

――あぁ……。

会いたい、会いたいと、何度も名前を呼んで願い続けたお陰だろうか。

こんな雨の中、いるはずもないのに、恭平の声が聞こえる。

自分から離れたくせに、都合よく恭平の夢を見るなんて、僕は本当に身勝手だ。

「舜、しっかりしろ」

おまけに僕は夢の中でも、恭平に迷惑をかけている。

「……ははっ」

あんまりはっきりと恭平の声が聞こえるから、僕は自分に呆れて笑ってしまった。

「ほら、舜」

また恭平の声がして、同時に雨がやんだ。間をおかず、誰かの腕に抱き起こされる。

「え……？」

ぐらりと脳が揺れる感覚に、車に酔ったときのような不快感を覚えた。

「いくら夏とはいえ、こんなに冷たくなるまで水を浴びる馬鹿がいるか」

かすかに瞼を開くと、額に張りつく髪から雫が滴り落ちるのが見えた。

「きょ……う」

靄《もや》がかかったような視界に、和服姿の恭平が映る。

「ああ」

少し怒ったような、けれど、穏やかな瞳が僕を見つめて頷いた。

「きょうへい……？」

「ああ」

もう一度頷いて、恭平が僕の身体をしっかりと抱き寄せた。

「ちゃんと摑まっていろ」

言うなり、僕を軽々と抱き上げる。

そうしてふわふわのタオルに包まれたところで、ようやく自分がバスルームに逃げ込んだことを思い出した。

「恭平、僕……っ」

力強い腕と懐かしい体臭を感じながら、僕は堰《せき》を切ったように泣きじゃくる。

「ごめっ……、恭平ごめんっ……」

「いいんだ、舜。謝らなければならないのは俺の方だ。お前を苦しめることになると、分かっていたはずなのに……」

そう言って、恭平が僕を抱く腕に力を込める。冷え切った身体に、じんわりと恭平の体温が染みてきて、余計に涙が溢れた。

恭平は僕の身体や髪を簡単にタオルで拭うと、バスルームを出た。

確かな足取りと痩せた身体をしっかり支えてくれる腕に、言葉にならない安堵を覚える。

「篠崎先生……っ」

バスルームを出たところで、真っ青な顔をした柊木が駆け寄ってきた。

「柊木さん、ココアを淹れてくれますか」

恭平が淡々とした口調で柊木に言って、僕を寝室に運んでくれる。静かにベッドに下ろされると、そのまま身体を包んでいたタオルで身体を念入りに拭かれた。

バスルームに逃げ込んでから、もう何日も過ぎたように思っていたけれど、実際には数時間しか経っていなかった。

「恭平……」

僕はされるがままに身を任せる。冷たい身体をタオルで擦られるうちに、指先からゆっくりと感覚が戻ってくるのを感じた。

身体を丁寧に拭き終えると、恭平が慣れた手付きでパジャマを着せていってくれる。

ふと目をやると、恭平の浅葱色《あさぎいろ》の単衣がじっとりと濡れていた。右の肩から背中のあたりまでが濃く変色したようになっている。

「いいか、舜。落ち着いたら病院へ行く。嫌だとは言わせない」

手を止めずに恭平が言うのに、僕は黙って頷く。拒むことなんてできなかった。

「先生、ココアです」

軽くノックしてから、柊木がトレーにホットココアを載せて寝室に入ってくる。

「ありがとうございます。少し落ち着かせてから、そのまま病院へ向かおうと思います」

「分かりました。……あの、篠崎先生」

柊木が恭平と僕に向かって深々と頭を下げた。

「責任を持ってお預かりすると言っておきながら、このようなことになってしまい、本当に申し訳ありませんでした」

受け取ったトレーを見つめたまま、恭平は何も答えない。

「もっと早くに、連絡を差し上げるべきでした。本当に……なんと言ってお詫びすればいいか……」

腰が折れそうなくらい頭を下げ続ける柊木の姿に、僕は申し訳ない気持ちでいっぱいになる。辛いことから逃げてばかりで、柊木や恭平に迷惑をかけているなんて、少しも分かっていなかったのだ。

『自分で、考えろ』

恭平に繰り返し言われた言葉が胸を過《よぎ》る。

『真っ当な、人間に……』

どうだっていいと思っていたことが、少しずつ胸に染み込んでいく。

そうして、僕は思い知る。

どれだけ自分が、人として未熟だったのかを――。

「柊木さんは悪くありません。毎日ちゃんと私に連絡をくださっていたし、舜も大事には至っていない。それに、私も少し……意固地になっていたようだ」

恭平はトレーをベッドの端に置くと、ソーサーごと手にして湯気が立ち昇るココアに息を吹きかけた。

「ふぅ、ふぅ……」

僕はベッドに横たわったまま、ココアを吹き冷ます恭平の横顔を見つめた。脳裏に、懐かしい光景が甦る。

『火傷しないように、冷ましているんだ』

はじめて出会ったときと変わらない恭平のさりげない気遣いに、僕の目から再び涙が溢れ出した。

「舜、泣いてないで、飲めるだけでいいから飲みなさい」

「ん……」

嗚咽に揺れる肩を、恭平が抱き起こしてくれる。

湿った髪をタオルで拭われながら、僕はそっとカップの縁に口をつけた。

唇が少し熱かったけれど、構わず啜る。途端に甘い香りが鼻腔《びくう》いっぱいに広がった。

「いい子だ、舜」

恭平が、そばにいる。

逃げ出したことを叱ることなく、暗闇の中で蹲っていた僕に手を差し伸べてくれた。

嬉しくて、また涙が溢れる。

しゃくり上げるばかりで、うまくココアが飲めない。舌に少しのせては、チビチビと飲み下した。

僕が少し落ち着いてきたのを見計らったように、恭平が柊木に呼びかける。

「柊木さん、すみませんが舜の荷物をまとめておいてもらえますか。後で自宅へ送っていただければ結構ですから」

「分かりました」

そして、僕に静かに告げる。

「舜、それを飲み終えたら病院へ行こう。いいね？」

「……うん」

両手でカップを包むように持って、僕は恭平の目をまっすぐ見つめて頷いた。

「柊木さん、チェックアウトの手続きをお願いします。私は病院へ連絡しますので」

「あ、はい。……分かりました」

大きなスーツケースに僕の服を詰め込んでいた柊木に言うと、恭平は僕の髪を拭っていたタオルを手に立ち上がった。

「ゆっくり飲むんだ。いいな」

恭平がそっと僕の頭を撫でて寝室から出ていく。その後を、柊木が追う。

僕はココアを啜りながら、恭平のまっすぐに伸びた背中をぼんやりと見送った。


ホテルから担当医のいる病院へ向かうタクシーの中で、恭平はずっと僕と手を繋いでいてくれた。うっすらと茜色に染まり始めた西の空を眺めながら、僕は恭平の手を汗ばむほどに握り締め続けた。

連絡を入れていたお陰か、病院に着くと時間外だというのに僕はすぐ処置を受けることができ、その後、病棟の個室へ移された。

「体重の変動はそれほどないようですが、しばらく入院していただきます」

担当医からの言葉に、僕は栄養剤の点滴を受けながら唇を噛み締める。

「ご面倒をおかけして、すみません」

黙り込む僕の代わりに、恭平が深々と頭を下げた。

「前回の退院時に、くれぐれも焦らないようお話ししたはずですよ」

担当医が溜息交じりに零すのを、恭平が項垂《うなだ》れたまま聞いていた。

「以前から言っているとおり、彼の症状は精神的なものではなく、人格形成の問題に近い。こういう人は、ふつうの精神科的な治療があまり効かなくて、漫然と通院しているケースが多い。結果、どうしても治療が長引いてしまいます」

点滴の薬液が落ちる速さを調整しながら、担当医が耳にタコができるほど聞かされた話を繰り返す。

「それから、舜くん」

担当医がコホンと咳払いをして、僕を見下ろした。

「そろそろちゃんと病気と向き合わなければ、同じことの繰り返しだ」

「う……ん」

もう何年もの付き合いになる担当医の言葉を、僕は今日ほど真面目に聞いたことはない。

「いいですか、篠崎さん。もう二度は言いません」

話の流れに合わせて目をやると、恭平もいつになく真剣な面持ちで担当医の言葉に聞き入っていた。

「成長期の愛情欠如《けつじょ》で起こってくる問題は、愛情のかけなおしでしか治らない」

「……ええ、分かっていたつもりだったんです」

学生たちの前など大学ではいつも悠然としている恭平が、今はまるで生徒みたいに萎《い》縮《しゅく》している。

「先生の仰るとおり、焦りがありました。今回のことは……私の責任です」

「環境の変化が刺激になる場合もあります。夏休みの間にもう一度仕切り直すのもいいでしょう」

消沈した様子の恭平の肩を、担当医がポンと叩いて微笑む。

「まあ、今までも努力はしてきたんですから、今さら焦ることはない。気長に……ですが確実に改善できるよう、一緒に頑張りましょう」

「ありがとうございます」

恭平が再び深いお辞儀をすると、担当医は僕に目配せしてから病室を出ていった。

「恭平、ごめん……」

白い壁に掛けられた時計を見やると、夜の七時半を過ぎていた。

「お前が謝ることはないよ」

恭平がパイプ椅子に腰かけてひとつ溜息を吐く。苦笑交じりに「気にするな」と言って、僕の手をそっと包み込むように握ってくれた。

点滴の針が刺さっていない左手で恭平の体温を確かめながら、僕は心の底から安堵を覚えていた。バスタブの中で何度も呼んだ声を、神様が恭平に届けてくれたのかと思うと堪らなく嬉しい。

「失礼します」

そのとき、ドアをノックする音と同時に柊木の声が聞こえた。

「どうぞ」

恭平が促すと、柊木が神妙な面持ちで入ってきた。

「入院されると、聞きました」

柊木はすっかりしょげ返った様子で頭を下げる。

「本当にすみませんでした。なんと言ってお詫びすれば……」

「よしてください。何度も言いましたが柊木さんのせいじゃない。こちらが面倒を押しつけたのが、そもそもの誤りだったんです」

恭平が宥めると、柊木はようやくホッとした様子で笑みを浮かべた。

「宮脇先生、大丈夫ですか？」

点滴の針が刺さった手首を心配そうに見つめる柊木に、僕はにこりと笑って頷いてみせる。

「うん、もう平気だから……。それより、いろいろ迷惑かけてごめん」

「いいえ、僕はただ宮脇先生の力になりたかっただけです。……ほとんどお役に立てなかったですけど……」

シュンと項垂れる柊木に、僕はもう一度「ごめん」と言った。

「そのお言葉だけで充分です」

柊木はそう言って、気持ちを切り替えるように笑みを浮かべた。

「それと……第二詩集の進行については、上と話し合って改めてご連絡差し上げます」

「そうしていただけると助かります」

恭平が小さく頷く。

「本当に、この度はすみませんでした。また、お見舞いに伺わせていただきます」

もう一度深々とお辞儀をして、柊木は帰っていった。

「恭平……」

柊木を見送ったまま背を向けて立っている恭平に、そっと呼びかける。

「どうした？」

振り返った恭平は、僕の大好きな優しい穏やかな笑みを浮かべていた。

「ううん、なんでもない」

胸に広がるやわらかな感情が、なんだか嬉しくて仕方がない。

恭平がそばにいる――それだけで、こんなにもホッとできるなんて……。

『愛情のかけなおしでしか治らない』

ほんの数分前の担当医の言葉を、僕は胸の中で繰り返す。

愛って、なんだろう。

『愛している――』

恭平が何度も僕に囁いてくれたあの言葉には、いったいどんな意味があるのだろう。

「ちゃんと、考えなきゃ……」

規則正しく落ちる点滴の薬液を見つめ、小さく呟く。

頭の中に散らばったたくさんの言葉や情景の欠片を、ひとつずつ手にとって意味を探ってみようと思った。

今は分からなくても、きっといつか僕にも分かるときが来ると信じて――。


担当医から言い渡されたのは、安静と栄養剤の点滴、そこから少しずつ経口栄養へと移行していくという入院治療計画だった。併せて、精神科的な治療も行うと言われた。

僕自身はそれほど辛いという感覚はないのだけれど、確かに立つのが億劫だし、今思えば柊木の大きな身体を押しやって、よくバスルームに逃げ込めたなと感心する。

「火事場の……馬鹿力ってやつかな」

ベッドに横たわって真っ青な夏空を眺めながら、僕はぽつりと呟いた。

「何か言ったか？」

大学が夏休みということもあって、恭平は毎日病室に顔を出してくれる。ときどき柊木が僕の好きそうな本や雑誌を持って、見舞いに来てくれることもあった。

「ううん、別に……」

「少し、頬が丸くなってきたな」

林さんから贈られた花を花瓶に活《い》けながら、恭平が僕の顔を見て微笑む。

ホテルから病院へ担ぎ込まれて十日余りが過ぎていた。

少しずつ体調がよくなっていくのを自覚できるようになり、僕は退院への期待が湧くのを抑えられない。

「うん。ちょっとずつだけど、食べられるようになってきたから」

点滴は既に外れ、食事も少しずつ一般食に移行している。

詩は、相変わらず一篇も書けない。

それでも、僕は今まで抱いたことのない前向きな気持ちで毎日を過ごしている。

「早く退院したいから、頑張ってるんだ」

出された食事は吐きそうにならない限り、できるだけ食べるよう努力した。採血や点滴で腕に針を刺されるのも、本当は嫌で仕方がないけれど、一日でも早く退院するため必死になって我慢している。

「そうか」

テレビの横に花瓶を置いて、恭平が洗濯してきたタオルや着替えをクローゼットにしまい始める。

当然だけれど、入院してからも恭平が僕の身体に触れてくれることは一度もない。

ただ僕は、今でも恭平にセックスして欲しいと思わずにいられなかった。

その気持ちは、ホテルで倒れる前よりもずっと強くなっている。

けれど、それは食べるために――というのとは、少し違う気がした。

病院での治療のおかげか、空腹に焦る気持ちは薄らいでいる。

なのに僕は、恭平に抱いて欲しくて、触れて欲しくて仕方がなかった。

隣に恭平がいる――そう思うと、恭平の肌のぬくもりが欲しくて堪らなくなる。

どうしてそんなふうに思うのか分からない。

けれど、ホテルのバスルームで恭平に抱き締められたときから、僕の中で何かが変わったのは間違いなかった。

「いつ退院できるかな。恭平、聞いてない?」

ぼんやりと点滴の痕《あざ》になった手首を見つめながら問うと、恭平がクローゼットの扉を閉じてにこりと笑った。

「週明けの検査結果次第で自宅療養に移っていいと、さっき先生から聞いてきた」

「ホントに……っ!」

恭平が病室にやってきて三十分は経っている。今になってやっと教えてくれるなんて、僕は嬉しい気持ちと恨めしい気持ちで、どんな顔をすればいいのか分からなかった。

「舜」

「な、なに？」

不意に呼びかけられて、声が上擦る。

「辛いだろうが、少しずつ病気は改善している。一緒に、頑張ろうな」

ホテルでのことがあってから、恭平は以前にも増して優しくなっているような気がした。歯磨きや看護師への態度など、間違ったことをしたときの厳しい態度は何も変わらない。決してセックスはしてくれないし、どこがどう違うのかははっきりと分からないけれど、表情や物腰、僕への言葉の端々《はしばし》に、今までなかったようなぬくもりを感じる。

「どうしたんだよ、恭平。なんか最近、変に優しくない？　そんなこと言ってくれたことなかったのに」

「いつも言っていたよ。お前がちゃんと聞いていなかっただけだ」

可笑《おか》しそうに笑って、恭平が僕の髪をくしゃりと撫でる。

掌の感触にうっとりと目を閉じながら、僕はこのぬくもりがずっとそばにあればいいのにと、願わずにはいられなかった。

【四】

退院できたのは、お盆が過ぎた八月下旬のことだった。

蜩《ひぐらし》の鳴き声が降り注ぐ中、タクシーから降りると、恭平が僕に先に門をくぐらせ静かに声をかけてくれた。

「おかえり、舜。退院おめでとう」

「恭平」

桜の木陰の下で足を止めて振り返ると、恭平が嬉しそうに微笑んでいた。

「うん、ただいま」

うっすらと疲労の色が浮かんだ恭平の笑顔に、胸がギュッと締めつけられて切なくなる。

「あのさ……、恭平」

蜩の声に掻き消されないように、僕は渇いた喉を大きく開いて声を出す。

「僕、ちゃんと考えるよ」

「え？」

恭平が訝しんで目を眇《すが》めるのに、僕は笑って続けた。

「恭平が僕に言ってくれたことや、愛してるって言葉の意味。……それと、これからどうすればいいのか、ちゃんと自分で考えられるように頑張るよ」

——だから、見捨てないで。そばにいて。

ホテルで柊木に問われたことや、担当医に言われたことも、僕はちゃんと考えなくちゃいけない。

バスルームで冷たい水に打たれながら、僕は恭平のことばかり考えていた。それがどういうことなのか、自分の気持ちを見つめなきゃいけないって、やっと気づいたのだ。

何かを考える——という、人ならば誰もが自然にしていることを、僕はずっと知らずに生きてきた。

だからと言って、すぐに何か答えが見つかるとは限らない。

けれど、ただひとつだけ、確かなものが今の僕の胸にはある。

僕は、恭平と一緒にいたい。

たとえセックスしてくれなくても、恭平と離れるなんて考えられない。

「だから恭平、これからも一緒にいて欲しいんだ」

驚いた様子で立ち尽くす恭平にそう言って、僕は小走りで玄関へ向かった。

恭平がどう思ったか気にはなったけれど、何故だか胸がとてもくすぐったくて、逃げ出したい気分に駆られたのだ。

「おかえりなさいませ」

玄関のドアを開けると、林さんが出迎えてくれた。

「あ」

びっくりして一瞬足が竦む。けれど、僕はゴクリと唾を飲み込んで口を開いた。

――ちゃんと、向き合わなくちゃ。

「た、ただいま……」

乱暴な言い方になってしまったのは仕方がない。今の今まで、僕はまともに林さんと口をきいたことがなかったのだから。

「まあ……まあ、舜さんっ」

林さんが驚きの声をあげ、うっすらと涙を浮かべる。

僕はどうにも照れ臭くて、まともに林さんの顔を見ていられなかった。スニーカーを脱ぎ飛ばし、早足で二階の自分の部屋へ向かう。

「舜、まだ無理はできないんだから、部屋着に着替えたらベッドに横になるんだぞ」

階段の下から恭平が言う。

「分かってるよ！」

自分の部屋に飛び込みながら返事をする。とても幸せな気分だった。

――もう、我儘《わがまま》は言わない。

すぐになんて無理だけれど、できることから少しずつ始めようと心の中でそっと思う。

恭平のそばにいられるように、頑張ろうと決めたのだから。

「無理はしなくていいから、夏休みの間にできるだけ体力をつけよう。まずは規則正しい生活習慣を身につけることから始めればいいから」

担当医と恭平の根気強い指導と林さんのサポートのおかげで、夏休み終盤に差しかかる頃には僕の体調は随分と回復していた。

朝は必ず七時に起きて、林さんが作ってくれた朝食を食べられるだけ食べる。相変わらず食べられないものも多く、量も摂れないけれど、それでも以前に比べれば三食きちんと摂るようになったのだから、自分でも頑張っているなと思う。

ただ——もうずっと、たったの一行さえ詩が書けないでいた。

担当の柊木も何かと気にかけてくれていて、ときどき家に訪ねてきたりする。出版社は宮脇蒼の第二詩集の発行を、気長に待つと決めたらしい。

退院してから、恭平は以前にも増して僕に優しく接してくれるようになった。

それは気味が悪く感じるほどで、例えばお風呂に入るにしても「のぼせたり、足を滑らせて倒れたら危険だ」とか言って僕と一緒に入る。

この家に引き取られた当時はよく一緒に入っていたけれど、今はあの頃みたいにお風呂でセックスしたりはしない。恭平は僕の身体や髪を丁寧に洗ってくれるだけで、さっさとあがってしまう。

それから、決して抱いてくれないくせに、さりげなく僕に触れてくることが多くなった。夏休みの課題を手伝ってくれるときや夜眠れないとき、恭平は肩に腕をまわしたり添い寝してくれるのだ。以前も髪を梳いてくれたり頭を撫でてくれたりしたけれど、必要以上に僕に構ってくれているように感じる。

その度に、どうしてだか僕の胸は軋むように痛んだ。

切なくて、苦しくて——今までこんなことなかったのに、恭平の笑顔を見たり、手が少し触れただけで、胸が熱くなってまともに目も合わせられない。

そしてどうしようもなく、軀《からだ》の奥がじんと疼いてしまうのだ。

これで恭平が僕を抱いてくれたら、何も言うことなんかないのに……。

けれど、そんなことを口に出したら、僕はきっと恭平に見捨てられてしまうだろう。

恭平に嫌われて、また狭い闇の世界に戻りたくはなかった。

もう二度と、暗くて狭くて、じめじめした押し入れには戻りたくない。

もう二度と、誰かに捨てられたくはない。

セックスしてくれないけど、恭平は僕のそばにいてくれるじゃないか——。

恭平に髪を優しく撫でられているときが、僕の今の一番幸せで、そして切なく遣る瀬《やせ》ない時間だった。

林さんが僕のために用意してくれる食事は、栄養云々《うんぬん》よりも食べやすさを優先させたものだ。足りない栄養は病院から処方されている経口栄養剤で補う。

「そうめんと、だし巻き玉子」

「そうめんは、好き」

箸《はし》で細くて白い麺を掬《すく》い上げながら言うと、恭平がすかさず小言を挟む。

「舜、前にも言ったが、麺つゆごと飲まないように」

「分かってるよ」

セックスをしないままテーブルについて、こうやって他愛のない話をしながら恭平と食事するなんて、ほんの少し前までは考えたこともなかった。

お腹が空いて食事となればまずはセックスで、抱き合えば快感の余韻に詩が溢れる。詩を吐き出すと途端にお腹がキュウキュウ鳴り、そうして僕はようやく食べ物を胃に押し込むことができた。

けれど、今は違う。

セックスなしで、食事をする。

味もよく分からないままだし、セックスの後と比べれば量も少ないけれど、僕は吐き戻すことなく食べられている。

――あれ？

ふと気づいて、箸を止めた。

「舜？」

そうめんを摘まんだ箸を中途半端な高さに掲げたまま、テーブルに並んだ料理を眺める。

「どうした？　食べられないなら、無理はしなくていいんだよ」

突然箸を止めた僕に、恭平が心配そうに言う。

ちゃんと聞こえていたのに、僕は返事をすることができなかった。

頭に浮かんだ違和感に、思考を支配されていた。

「おい、舜？」

恭平が椅子から立ち上がって腕を伸ばし、箸を持つ僕の手をやんわりと掴む。

「あ――」

ハッとして、おずおずと視線を向けた。濃紺の市松柄《いちまつがら》の浴衣を着た恭平が、険しい顔をして僕を見ている。

「どうしたんだ」

訊ねる声に、ゆっくり口を開いた。

「ねえ……恭平」

頭の中で散らかった言葉を整理して、恭平に伝えるために文章にする。

「ふつうはごはん食べるために、セックスしないって言ったよね」

「あ、ああ」

恭平が戸惑いながら頷き、そっと手首を放してくれる。

「でも……」

そうめんを器に戻して箸を置いた。そして、慣れない思考に意識を集中させていく。

「セックスしないと、食べちゃいけないはず……」

お兄ちゃんが教えてくれたのは、常識じゃなかったのか？

『いいか、舜。セックスしない人間はメシを食っちゃいけない』

おかしいな。

お兄ちゃんは、嘘を言った？

『セックスしたら、食べていいの？』

『ああ、常識だ』

でも恭平は、セックスしなくてもごはんを食べさせてくれる。

セックスしなくても、優しくしてくれる。

「どうしたんだ、舜」

頭の中がゴチャゴチャになって、何を考えていたのかも分からなくなりかけたとき、再び恭平に問いかけられた。

「——恭平」

ちゃんと自分で考えようと思ったのに、どうしても答えに辿り着けない。

「頑張って考えてみたんだけど、どうしても分からないんだ」

苛立ちに似た焦りを感じて、僕は縋るような想いで恭平に訊ねた。

「どうして恭平は、セックスしないのに僕にごはん食べさせてくれるの?」

恭平がゆっくりと僕に近づいて身を屈めた。そして僕の顔を覗き込み、いつになく真剣な面持ちでゆっくりと答えてくれる。

「それがふつう……当たり前だからだよ」

「当たり前っていうのは、真っ当ってこと?」

「まあ、当たらずとも遠からずだな。食べることは生き物にとって自然の理《ことわり》だからね」

以前から何度も繰り返し聞かされてきた「人は食べるためにセックスしない」という言葉が、何故か今になって僕の胸にズシンと響く。

「じゃあ、恭平……」

何が当たり前で、何が常識で、そうして僕はどうすべきなのか分からない。

「セックスって、なんのためにするか教えてよ」

考えようと思うのに、考えなきゃダメだと思うのに、考えれば考えるほど分からなくなる。

「ごめん。僕……考えても分からないんだ」

「舜……」

恭平が少し困った様子で微笑む。

セックス——交尾という行為が、生物の雌雄《しゆう》が子孫を残すために行うものだと知っている。僕がこの世に生まれたのも、ママが誰かとセックスした結果だ。

でも、僕は子孫を残そうと考えたことなんて一度もない。それに、男同士で子供ができないことだって知っている。

だったら子孫を残す目的以外に、男同士でセックスをする理由なんてあるのだろうか？食べるためにしないというのなら、どうしてお兄ちゃんは、僕とセックスしたのだろう。子供が欲しかったなら、ママとすればよかったのに……。

「いいか、舜。人は稀《まれ》に、セックスによって得られる快楽に溺《おぼ》れ、人生を踏み外してしまう場合もある」

恭平が僕の肩を包み込むように抱き寄せ、低く落ち着いた声で言った。

セックスの快感は、僕も知っている。

「じゃあ、気持ちよくなるためにする……？」

それなら、少し理解できる。セックスすると、頭の芯が溶けたようになる。そして絶頂の瞬間は、言葉にできないくらい気持ちがいい。

首を傾《かし》げて問うと、恭平の表情が少しだけ曇った。

「そういう人間も、いるだろう」

声のトーンが少し暗くなったのは、僕の答えが間違っていたからだろう。

恭平は僕の頭の後ろに掌を添えると、自分の胸に僕の顔を押しつけるようにした。そのまま髪をクシャクシャと撫でまわされ、僕は心地よさに瞼を閉じる。恭平の匂いに包まれて、こうしているだけで心が落ち着いた。

「いいか、舜」

くぐもって聞こえる恭平の声を、僕は瞼を閉じて聞いた。

恭平が僕の髪に唇を押しつけ、まるで直接脳に言い聞かせるように囁く。

「愛し合う者同士が、想いを繋ぎ、確かめるために身体を重ねる」

頭皮にあたたかい息がかかるのが、少しくすぐったかった。

「……それが、セックスだ」

言い終えると同時に、抱擁を解かれる。名残惜《なごりお》しさに胸が軋む。

「恭平」

疑問は解消されるどころか、ますます深まるばかりで、僕はずっと胸にわだかまっている疑問をそのまま恭平にぶつけた。

「愛って、なに……?」

口を突いて出た問いかけに、恭平が眉を寄せ溜息を吐く。

苦笑と少しの苛立ちが瞬時に滲んだ表情に、僕は訳もなく不安を覚えた。

また恭平を怒らせてしまったのかもしれない。

「……そうだな。何なんだろうな」

独り言のように言って、恭平がふわりと微笑む。そして、僕の頭をポンと軽く叩いた。

「え……」

驚いて上目遣いに見つめると、恭平は可笑しそうに肩を揺らした。

「形がなくて曖昧で……人それぞれに違っている」

「恭平。それって、どういうこと?」

まるで意味が分からなくて、問い重ねる。

「……急がなくてもいいから、もう少し自分で考えてごらん。お前が自分で見つけ出した答えだけが、正解なんだ」

そう言うと、恭平は自分の席へ戻っていった。そして何もなかったかのように食事を再開する。

「ほら、もう少しだけ食べなさい」

何もかもが曖昧なままで、僕はすっかり食べる気をなくしてしまった。

「ううん、今日はもう……食べられない」

恭平のきれいな箸遣いを見つめて言うと、恭平が小さく首を傾げて寂しそうに笑った。

「そうか。よく頑張ったな」

うん、頑張るよ。

恭平が笑ってくれるなら、そばにいてくれるなら、僕は頑張る。

いろんなことの答えを、ちゃんと見つけられるように……。


「大阪に……出張？」

それは、あと数日で夏休みが終わるという、九月も半ばを過ぎた日のことだった。

夕飯を終えてホットココアを飲んでいると、恭平がここ数日なかったくらい不機嫌な顔で僕に言った。

「須藤教授がお元気だった頃から懇意《こんい》にしているK大の教授から、主催する講演会に出てもらえないかと頼まれたんだ」

頭を抱え込まんばかりに項垂れて、恭平は何度も溜息を吐く。

「また別の機会にと……粘ってみたんだが、須藤教授の顔に泥《どろ》を塗るような不義理もできなくてな」

大学の准教授という仕事を僕はいまひとつ理解していなかったけれど、いろいろとしがらみがあって大変そうだと常々感じていた。

お養父さんが死んでから、恭平は僕の世話をするために、もう随分と長い間、地方での学会や講演会には出席していない。出掛けて行ったとしても何かあればすぐに戻ってこられるような近場ばかりだった。

おまけにホテルでの一件以来、恭平は僕のそばを片時も離れないといった様子で、外での仕事をかなり減らしていた。

どうしても断れない相手からの「大阪まで来て欲しい」という依頼が、恭平をひどく悩ませているのが僕にもはっきりと分かった。

「やっと落ち着いてきたお前をひとりで残していくのも不安だが、まさか一緒に連れて行く訳にもいかない」

いつもはしゃんと背筋を伸ばして僕をまっすぐ見据えて話す恭平が、ダイニングテーブルに肘をつき、頼りなさげな上目遣いで見つめる。

「……そこで、考えてみたんだが、林さんと柊木さんにお前のことを頼んでいこうと思う。講演会は来週の水曜で、午後から数時間。その後の懇親会は中座しても構わないと言ってくださっているから、日帰りで戻ってこられるだろう。どうだろう、舜。留守番……大丈夫だろうか？」

不安の滲んだ恭平の瞳を見て、僕は今まで感じたことのない力が胸に湧くのを感じた。

「……いいよ、恭平」

少し声が上擦ったけれど、僕は構わず続けた。

「身体の調子もいいし、昼間は林さんがいてくれる。それに、夜には帰ってくるんだろう？　だったら大学に仕事に行くのと変わらないよね」

息継ぎするのも忘れるほど一気に言って、僕は大袈裟なくらいにっこり笑ってみせた。

「分かっているのか、舜。ひとりで留守番なんてほとんどしたことがないのに……」

「平気だってば。どうせ家から出ることなんてないんだし」

自分でも、どうしてこんなことが言えるのか分からなかった。本当は不安で堪らないし、できることなら引き止めたい。

けれど、僕の中にいるもうひとりの僕が、「自立しなきゃいけない」と囁くのだ。

『真っ当な人間に……』

いつだったか恭平に言われた言葉が、僕を突き動かしていた。

「小さな子供じゃないんだし、恭平だって……自立しろって言っただろ？　だったら、留守番ぐらいできないとさ」

――真っ当な人間なら、きっとこれくらいできるんだろう。

そう自分にいい聞かせつつも、緊張して喉が渇いて仕方がない。

「いいのか？」

しつこく問い返す恭平に、僕は大きく頷いてみせた。

「大丈夫だって！　恭平こそ、僕の世話ばっかりで夏の間、あんまり仕事できてないんじゃないの？」

恭平の負担になりたくない。ちゃんと一人前に——真っ当な人間になれば、きっと恭平は僕をずっとそばにおいてくれる。

だから、頑張らないといけない。

不安だし、怖いけれど、恭平に認めてもらいたい。

「そうだな、ここはお前を……信じてみるよ」

そう言いながらも、恭平の表情は不安に満ちている。

「林さんと柊木さんにしっかり頼んでおくから、お前も無理はしないでくれ」

はじめて恭平に「信じる」なんて言われて、僕は舞い上がってしまった。

「分かってるってば。僕のことは心配しないで、講演会、頑張ってきてよ」

「まさかお前に、頑張れなんて言われる日が来るとはな……」

恭平が目を細めて呟く。

それがまた嬉しくて、本当に頑張ろうって……生まれてはじめて、そんな気持ちになったのだ。

「じゃあ、行ってくるから」

タクシーのドアに手をかけて、恭平が振り返る。

「うん」

「何かあったら林さんに……」

「分かってるってば」

「遅くとも最終の新幹線には間に合うはずだが、俺が帰ってくるまで起きて待っていなくてもいいからね……」

「遅れるよ、恭平」

呆れて溜息を吐く僕に、恭平は何度も同じ台詞を繰り返す。

「……電話、苦手だろうが、何かあったら……」

「林さんの家と柊木さんのケータイ、勿論、恭平のも、番号は全部覚えてる」

胸を張って言うと、恭平が諦めたように大きな溜息を吐いた。

「じゃあ……、行ってくるから」

「お土産、楽しみにしてる」

また同じやり取りを始めそうな雰囲気を察して、僕は恭平の背中を押しやった。

「舜……」

タクシーに乗り込んでも、窓を開けて僕を見つめる恭平の顔は、家に残る僕よりも心細そうだ。不安で仕方ないのか、切れ長の瞳が潤んでいるように見えた。

「大丈夫だって」

手を振って一歩下がると、待っていたかのようにタクシーが動き出す。

「舜っ」

「いってらっしゃい！」

窓から顔を覗かせた恭平の姿が見えなくなるまで、僕はぶんぶんと大きく腕を振って見送った。

その日は、ただ恭平がいないというだけで、他は何も変わりない一日だった。

林さんとは少しずつ顔を合わせて話ができるようになっていたし、ごはんもそれなりに食べることができた。

——早く、帰ってこないかな。

大阪に着いたという電話があった後、余《よ》ほど忙しいのか恭平はメールも送ってこない。

どんな様子か気になって仕方ないけど、迷惑かもしれないと思うと電話をかけるのも憚られる。

一日中、家の中でぼんやり過ごしては、時計ばかり気にしていた。そしてふとした瞬間に、恭平の姿を探してしまう。

まるで今日という日が永遠に続くんじゃないかと思われたけれど、太陽はきっちり西へ沈んでいく。

「舜さん、よく聞いてくださいね」

夕飯の片付けを終えた林さんが、玄関まで見送りに出た僕を心配そうに見つめた。優しくて丸みのある声は、僕の耳にもうすっかり馴染んでいた。

「冷蔵庫にココアのムースがありますから、お風呂上がりに召し上がってください。それから、今夜は夜中から雨が降るというので、窓を開けたままお休みにならないように。それと、玄関の鍵は私が外からかけますので、その後しっかりチェーンをかけてくださいね」

指を折って確認しながら説明する林さんに、僕はいちいち頷いてみせる。

「明日は、七時に参ります。朝食は、オムレツでよろしいですか？」

「うん」

「食後のココアに、ホイップクリームをのせましょうね」

林さんの声のトーンがいつもより高くて、早口だ。心配で堪らないという雰囲気が伝わってくる。

「ありがとう。それより林さん、お家に帰るの、遅くなるよ」

いつもまでも帰ろうとしない林さんに、僕は胸を張って言った。

すると、林さんが苦笑交じりに微笑んだ。

「何かありましたら、夜中でもいつでも構いませんから、遠慮なくお電話くださいね」

「うん、分かってるってば」

強く答えると、ようやく気が済んだのか、林さんはドアを開けて外へ出た。

「では、失礼します。おやすみなさいませ」

「おやすみなさい、また明日」

ドアが閉じると、すかさず外から鍵がかけられる。僕は耳を澄まし、門扉《もんぴ》が閉じる音を確認してリビングへ戻った。

しんと静まり返った家に、僕は途端に寂しさを感じる。

そのとき、家の電話が高らかに呼び出し音を響かせた。

「うわ……っ」

突然の電子音に、心臓が飛び跳ねる。

慌てて電話に駆け寄ると、ディスプレイ画面に柊木の名前が浮かんでいた。

「も……もしもし?」

『あ、もしもし、お世話になっております。湯田書房の柊木ですが……』

滑舌《かつぜつ》のよい相手の声に、僕は思わず噴き出しそうになった。きっと恭平から電話を入れるように言われていたのだろう。

「柊木さん？　心配しなくても、大丈夫だよ。これからお風呂に入るんだ」

『家政婦さんは、もう帰られたんですか？　あの、すぐには無理ですけど、もしよろしければ、僕、そちらへお伺いしますよ』

そう言う柊木の後ろの方からは、激しく鳴り響く電話の音や大声で怒鳴る声が聞こえる。

「いいってば。もう何時間かしたら、恭平帰ってくるし」

新幹線に乗る前に、恭平は一度連絡をくれると約束してくれていた。

『ですが……』

「忙しいんだろ？　何かあったら電話するから」

『……分かりました』

柊木がホッとしたような、そのくせどことなく心配そうに言う。そして林さんと同じように、何度も僕に『何かあったら連絡くださいね』と繰り返して電話を切った。

「みんな、揃いも揃って心配性だな」

受話器を置いて、僕は独りごちる。

それだけみんなに心配され、守られてきたんだ——。

静かな家にひとり残されて、僕はやっと気づく。

ずっと自分のことしか考えないで生きてきて、自分だけが苦しい想いをしていると思い込んでいた。

恭平が僕のことを「世間を知り始めたばかりの子供だ」と言ったのも頷ける。

「とにかく、留守番ぐらいできないと」

恭平の……みんなの気持ちに応えたい。

今まではこんなふうに前向きな気持ちになったことはなかった。

ぼんやりテレビを見ていると、携帯電話がブルッと震えた。急に音が鳴るのがどうしても慣れなくて、僕はいつもマナーモードにしている。

「あっ！」

咄嗟に手にとって通話ボタンを押す。相手も確かめないで耳に押しあて、名前を叫んだ。

「恭平っ？」

『もしもし……舜？』

——あ、れ……？

小さな器械を通して聞こえてきた声は確かに恭平のものなのに、僕は小さな違和感に眉を顰《ひそ》めた。

「恭平、なんか……声が変？」

『ああ……どうも、風邪をひいてしまったようで、今日は……帰れそうにない』

歯切れ悪く言って、恭平が電話の向こうで洟を啜る。

「帰れ……ない？」

あまりにも突然で、一瞬何も考えられなくなる。あと数時間で恭平に会えると思っていただけに、動揺を隠し切れない。

「な、んで？　だって……最終の新幹線でって――」

『朝から少しだるさは感じていたんだが、講演会が終わって気が抜けたのか……熱が上がってしまったんだ』

何度も洟を啜りながら、恭平が辛そうに話す。鼻にかかった掠れ声に、僕は今朝の恭平の様子を思い返した。タクシーの窓から僕を見つめた瞳が妙に潤んでいたのは、体調が悪かったせいなのだと思い至る。

「だ、大丈夫？　熱ってどれくらい？」

『こちらで医者に診てもらって、点滴も受けたから心配はない。大したことはないんだが、お世話になった教授がホテルをとってくださってね……。今日帰るのはよした方がいいと止められてしまったんだ』

一生懸命に声を張って、僕に心配かけまいとしているのが、手にとるように分かる。

いくら体調が悪くて、お世話になった人がホテルを手配してくれたからといっても、僕をひとりにするのをあんなに不安がった恭平が帰ってこないと言うなんて――。

『今夜はこのままホテルで安静にして、明日、なるべく早い時間に東京へ帰るから……』

徐々に、恭平の声が低くくぐもって聴き取り難《にく》くなる。らしくない頼りない声に、胸を掻き毟《むし》りたくなるようなもどかしさを覚えた。

『舜……ひとりで、大丈夫か？』

「――え」

問いかける声に、僕はうんと答えられなかった。

『……いや、やはり帰るよ。今なら、最終に間に合っ……』

恭平の声が不自然に途切れ、咳き込む音がかすかに聞こえた。

「恭平っ？　恭平、大丈夫？　ぼ、僕は平気だから……本当に、留守番ぐらいできるって朝も言っただろ？　だから、無理しないで……」

僕の動揺を感じとったのか、恭平が無理を押して帰ってきそうな気配をみせた。

『だが……っ』

息をするのも辛そうな恭平に、僕は必死になって伝える。

「大丈夫だから、心配しないで。夕飯だってもう食べたし、何かあったら林さんや柊木さんに電話する。朝になれば林さんも来てくれるから……だからっ、無理しないで」

ちゃんと、恭平が帰ってくるまで頑張るよ――。

きつく携帯電話を握り締めて、不安に押し潰されないよう足を踏んばる。

『……舜』

「僕なら……もう寝るだけだし」

泣きたいくらい怖くて、本当は今すぐにでも帰ってきてと言いたい。でも、そんな我儘を言ったら、具合の悪い恭平を余計に苦しめてしまう。

『本当に？』

優しい恭平。自分の方が辛いだろうに、こんなときでも僕のことを心配してくれる。

「うん、大丈夫だから……」

唇が震えそうになるのを懸命に堪え、僕は明るく言った。

「恭平こそ、ゆっくり寝てよ」

電話の向こうから、短く咳き込む音と溜息が聞こえた。

『……ごめんよ、舜』

切なげな声に、僕は無言で頷く。

『明日には、ちゃんと帰るから……。お土産も買って帰るよ』

「そんなのいいから、早く休んでよ。ね、恭平」

涙が勝手に溢れてきて、このままじゃ恭平に勘づかれてしまう。もっと恭平の声を聞いていたいけれど、これ以上は無理をさせられない。

「明日、朝になったら電話して？　具合悪かったら、無理はしなくていいから」

『ああ……分かった。本当に……すまない、舜』

嗄《しゃが》れた恭平の声を聞いているのがどうにも辛い。

「うん。……おやすみ、恭平」

僕は急《せ》くようにおやすみの挨拶を言って電話を切った。携帯電話を持った手には、じっとりと汗が滲んでいる。

僕はずるずるとソファに倒れ込み、溜息を吐いた。ちゃんと恭平を安心させられただろうか。本当に身体は大丈夫なんだろうか。いろいろな不安が胸に募《つの》る。

「すごく……辛そうだったな、恭平」

出会ってから、恭平が体調を崩したことなんてなかった。いや、もしかしたら僕が気づかなかっただけで、恭平はどんなに辛くて大変なときも、僕の前では平気なフリをしていたのかもしれない。

「熱が……上がったって、どれくらいあるんだろう」

風邪をひいたり、具合が悪くなって高熱が出たときの辛さは、僕も経験して知っている。身体中がだるくて足が石みたいに重くて、横になっていると地の底に堕《お》ちていくような感覚に襲われるのだ。

そんなとき、僕のそばにはいつも恭平がついていてくれた。熱にうなされる僕の手を優しく握って、夜通し髪や肩を撫でてくれていた。

恭平がそばにいてくれるだけで、点滴を受けたり薬を飲むよりも僕は安心できたものだ。

「ひとりで平気かな……恭平」

遠い大阪でたったひとり、高熱にうなされる恭平を想像する。

医者には診せたと言っていたけれど、今、恭平のそばには手を握ってくれる人も、優しく肩を摩《さす》ってくれる人もいない。

熱でぼぅーっとした意識の中、恭平がたったひとりで辛さに耐えているのだと思うと、どうしようもなく胸が苦しくなった。

「……僕」

急に、心臓が早鐘を打ち始める。

自分でもよく分からない衝動に突き動かされる。

「行かなきゃ」

いてもたってもいられなくて、ソファから立ち上がる。どうしても恭平のところへ行かなければならない気がした。

そのとき、突然インターフォンのベルが高らかに鳴った。

「え……っ」

急かすように繰り返し鳴るベルの音に、僕はおずおずと応答ボタンを押して応える。

「はい？」

『あ、宮脇先生ですか？　夜分にすみません、柊木です』

能天気で無駄に滑舌のよい声を聞いて、僕は一目散に玄関に走った。


「本当に……おひとりで行くつもりですか？」

どうしても僕のことが心配で、仕事を急いで切り上げてきたと言う柊木が、泣き出しそうな顔をして問う。

「うん」

「校了前じゃなければ、ご一緒できたんですが……」

東京駅の新幹線ホーム、新大阪行き最終ののぞみ号の乗車口で、柊木が唇を噛んで項垂《うなだ》れた。

「いいよ、そこまでしてくれなくても。ここまで送ってくれて、切符まで買ってくれただけで充分だから」

何がなんでも大阪へ行くのだと譲《ゆず》らない僕を、柊木はタクシーで東京駅まで送ってくれた。お金の持ち合わせもなくて、切符の買い方も分からなかった僕を、柊木は嘲笑《わら》ったりしなかった。

「新大阪からは、タクシーでホテルまで行ってください」

ホテルの名前と連絡先は、恭平がメールで知らせてくれていた。

「ありがとう、柊木さん」

発車を知らせるアナウンスがホームに響く。

「気をつけて……っ」

ドアが閉じる瞬間、僕はもう一度柊木に「ありがとう」と叫んだ。

ゆっくりと走り出した新幹線の車内で、僕は激しく咳き込む恭平の声を思い出していた。

いつも助けてもらうばかりで、僕は恭平に何もしてあげたことがない。

何ができる訳でもないのは、僕が一番分かっている。それでも、恭平のそばにいてあげたかった。

留守番を放り出して大阪に行ったら、恭平は怒るかもしれない。

でも、恭平がひとりで辛い夜を過ごしていると思うと、どうしてもじっとしていられなかったのだ。

そばにいて、手を握るしかできなくても、それでももし恭平の辛さがやわらぐのなら、僕はそうしてあげたい。

僕が辛いとき、いつも恭平が僕のそばにいてくれたように――。

小さな窓に映るのは、夜の東京の街並と僕の緊張に強張った顔。

徐々にスピードを増していく新幹線よりも速く、心だけでも恭平のもとに飛んでいけたらいいのにと思った。

新大阪に着いたのは、深夜零時少し前だった。そこからタクシーに乗って十数分で、恭平が泊まっているホテルに着いた。

柊木に言われたとおり、タクシーに乗ると同時に恭平に電話を入れた。本当は黙っていって驚かせたかったのだけど、それだとホテルで取り次いでもらえないと教えられたからだ。

そうして部屋を訪ねた僕を、恭平は驚きと疲弊《ひへい》に満ちた表情で迎えてくれた。

「ど……うして？」

ひどい顔をだった。癖のある黒髪が四方に跳ね上がって、朝見送ったときとは別人のような土気色《つちけいろ》の顔をしている。

「ごめん、恭平。起こしちゃったよね？」

きっと眠っていたに違いない。夜中に突然「今、ホテルに向かってるところ」なんて言われて、また熱が上がってしまったのかもしれない。

「夢じゃ……ないのか？」

恭平はまだ半信半疑の様子で、僕を部屋に招き入れてくれた。

「夢じゃないよ。恭平のことが心配で、どうしても会いたくて来ちゃったんだ」

ベッドに横になるように言って、僕は枕許に膝をつき、そっと恭平の大きな手をとった。

「心配……？　お前が、俺を――？」

熱のこもった息を吐きながら、恭平が目を瞬かせる。

「だって僕が具合悪いとき、恭平はいつもそばにいてくれただろ？　だから今度は僕が、恭平のそばにいてあげたかったんだ」

「……舜」

恭平の切れ上がった二重の瞼が、小さく痙攣していた。そこにうっすらと涙が滲んでいるように見えたのは、僕の錯覚だろうか。

儚《はかな》げにも見える恭平の表情に、痛いくらい胸が熱くなる。熱くてやわらかくて、それでいて猛獣のように暴れだしそうな感情に、どうしていいのか分からない。

「勝手なことして、ごめんなさい」

「お前が、会いに来てくれるなんて……思ってもいなかった」

恭平の熱い手が、僕の手をそっと握り締めた。

その瞬間、身体が訳もなく震えた。爪先から、それこそ髪の先まで、さざ波のような淡い快感に包まれる。

それは今まで経験したセックスでは味わったことのないような、言葉にできないほどの感動だった。

「嬉しいよ」

かすかに震える恭平の声を聞いていると、あたたかい日差しに包まれているような錯覚を覚える。眩《まばゆ》いばかりの光が頭上から降り注ぐような感覚とともに、胸の奥深くからかつて感じたことのない感情が一気に膨れ上がった。

「恭平のことが、とても大事なんだ」

気がつけば、勝手に唇が動いていた。

「お兄ちゃんにも、他の誰にも、こんなこと感じたりしなかった。……恭平だけなんだ」

「……舜っ」

スンと鼻を鳴らして、恭平が唇を噛み締めた。そして横になったまま僕の手を引き寄せ、抱き締めてくれる。

「ごめんね、恭平。びっくりさせちゃったよね」

そっと恭平の肩に片方の腕をまわして、無鉄砲を詫びる。

「いいんだ、舜。お前が……俺のために、こんな大それたことをしてくれたと思うと、それだけで今は……」

掠れた声が僕の髪に吸い込まれていく。恭平の唇が髪や顳顬《こめかみ》に触れるたび、むず痒《がゆ》いような、照れ臭いような心地になった。

「怒って……ない？」

「どうして怒るんだ。俺は嬉しい」

「ほんと……に？」

いつもの恭平からは想像できない頼りない声が僕を切なくさせた。溢れる想いのまま腕に力を込め、熱っぽい恭平を抱き締める。

「……舜、愛して……いるよ」

もうすっかり耳慣れたはずの告白に、全身が戦慄《わなな》いた。

「――あ」

ただ抱き合っているだけなのに、身体中が歓喜にうち震える。

「愛して……る」

恭平の囁きと体温に包まれるうちに、僕は心の中に光り輝く光景を思い浮かべていた。

それは今まで僕が綴った詩の世界とはまるで違う世界だった。

暗くてどんよりした闇の中で、喘ぐように綴った詩の世界はそこにはない。

「舜……」

優しく恭平に呼ばれるたびに、僕の胸はさざ波に遊ぶ小舟のように揺れて、ゆっくりゆっくりと光の世界を進んでいく。

何度も何度も「愛している」と囁かれ、それだけで絶頂にも似た快感を得ながら、僕は詩の世界に没頭していった。

淡い光と穏やかなぬくもり。

闇はどこにもない。

あるのはただ、僕をしっかりと抱き締めてくれる、何ものにも代え難《がた》いぬくもりだけだ。

ふと気づくと、すぐ耳許で規則正しい寝息が聞こえた。

「恭平、寝ちゃった？」

わずかに身じろぎして、顔を覗き込む。間近に乾いた唇があった。

「恭平？」

恭平が僕の髪に口付けながら囁いた「愛している」という言葉が脳裏を過る。

そうして僕は、吸い寄せられるように、恭平の唇に自分のそれを重ねた。

ほんの一瞬、かさついた恭平の唇を掠めるように——。

「……ん」

恭平の息が小さく乱れて、我に返る。

目の前で、恭平の睫が小さく痙攣するのを認めた瞬間。

僕は、どうにも抑え切れない衝動を覚えた。

「あ」

ぶるっと頬が震える。

を離れた。
僕は巻きついたままの恭平の腕をそっと押しやると、逸《はや》る想いに急かされながらベッド
身体の内側から恐ろしいほどの熱量が溢れ出す。

「紙……」

囈言《うわごと》のように呟いて薄暗い部屋を見渡すと、部屋のドアの手前にあるクローゼットが目にとまった。紙とペンを求める意識に誘導され、脚をもつれさせながら近づく。両開きの扉を開けると、目に入った恭平のバッグを夢中であさった。

書きたい衝動が、身体を突き破らんばかりにこみ上げてくる。たくさんの詩が頭の中で音符をまとって躍りだす。

「はやくっ……。詩が……溢れるっ！」

分厚い本や書類の中からルーズリーフとペンケースを見つけると、僕はその場に蹲《うずくま》った。

あとはただペンが走るままに、溢れる詩を書き綴るだけだった。

絨毯《じゅうたん》の上に腹這いになって、僕は何かに取り憑《つ》かれたようにペンを走らせる。

頭の中の光景が文字になり、言葉になり、そうして紙の上に並ぶと、詩になった。

吐き出す……そう思っていた詩を、僕は今、自分で生み出しているのだと実感する。

僕の頭の中に描かれた景色や輝く光の塊を、外の世界へ詩として生み出す。

随分と遠くの方で、恭平の寝息が聞こえる。その度に、胸の中に新たな情景が広がり、

また違う世界の詩が生まれた。

「待ってて、恭平――」

こんなにもすてきで優しい光に溢れた世界を、ひとり占めになんかできない。

恭平にも、見せてあげたいんだ。

僕の詩を――。

カサ、カササ……。

何かが擦れるようなかすかな音が、鼓膜を刺激する。

あたたかい湯に浸かっているような、まったりとした感覚の中で、僕はゆっくりと意識を取り戻していった。

え……っと、僕――？

腫れぼったい瞼を抉《こ》じ開けると、仄暗《ほのぐら》い部屋の中に見覚えのある長身のシルエットが見えた。

「恭……平？」

一瞬、家にいるのかと錯覚したけれど、すぐに違和感を覚える。見慣れない天井や壁と調度品。そして、身体が沈み込むふかふかのベッド。

何よりも、空気の匂いが違う。

ああ、そうだった……。

のそりと起き上がって室内を見渡し、そこでようやく恭平に会いたくて大阪まで来たことを思い出した。

もう夜が明けているらしく、大きな窓から差し込む朝の光がカーテンを透《す》かして、やわらかなクリーム色に部屋を染める。

恭平は僕に背を向けて佇《たたず》んでいた。僕が起きたことにも気づいていない様子で、その足許には何十枚ものルーズリーフが散乱している。

僕はそのとき、少し逆光気味の恭平の肩が小刻みに震えているのに気づいた。

「……恭平っ」

恭平が、泣いている。

そう思った途端、僕はベッドから転がるように這い出ていた。毛足の長い絨毯の上を、裸足で駆け寄る。

「ごめんっ！」

背中から飛びつくようにして恭平に抱きつき、僕は一気に捲《まく》し立てた。

「本当にごめん！　ちゃんと留守番するって、大丈夫だって言ったのに……勝手なことしてごめんなさい！」

昨夜恭平は「嬉しい」と言ったけれど、一夜明けて冷静になった途端、僕の無鉄砲な行動に腹が立ったに違いないと思った。

そう、それは泣いてしまうくらいに――。

「舜っ……？」

恭平が驚いて振り返ろうとする。その手には、数枚のルーズリーフが握られていた。

僕は力一杯にしがみつくと、目を固く閉じて叫んだ。恭平の顔を見るのが怖かった。

「でも、恭平がひとりで苦しんでるって思ったら、いてもたってもいられなかった」

ふわふわのバスローブをまとった恭平の身体を、僕はきつく抱き締める。

「どうしても、恭平のそばにいたかった。何もできないって分かってたけど、それでも恭平のそばにいて……手を握ってあげたかったんだ」

どこにも行かないで欲しい。手放したくない。

ひとりで苦しまないで欲しい、我慢なんてしないで欲しい。

言葉じゃどうしても上手く伝わらない想いが、胸からせり上がっては零れ落ちる。口にしてしまうと、恭平に伝えたいことの半分もうまく言葉にならない。

もどかしさに、涙が滲んだ。

「ねえ、恭平？　僕はどうしたんだろう？　今までこんなことなかった。はじめての気持ち……感情？　ううん、とてつもない……衝撃が、僕を突き動かすんだ」

恭平が心配で、顔を見た瞬間ホッとした。熱をもった手を握ったら切なくなって、寝顔に胸が熱くなった。

「……舜」

恭平の低い声が、肌のぬくもりを通して伝わってくる。それだけで、どうしようもなく涙が後から後から溢れて止まらない。

「分からない……恭平。僕に愛してるって言うけれど、僕はこれが愛なのか……分からないんだっ」

遣る瀬なさに、僕は恭平の腕を手繰《たぐ》った。詩を綴ったルーズリーフを、恭平はしっかりと摑んで放さない。

「考えて……すごく悩んだ。でも……気持ちばっかり昂《たか》ぶるんだ。落ち着かないんだ。考えようと思うのに、それどころじゃなくなってしまう……っ」

すると、ゆっくりと長身の身体が振り返った。

「舜」

優しい声。でも、怖くて顔を上げられない。

身勝手な僕に、きっと恭平は呆れてしまっただろう。言い訳すらまともに言えない僕を苦々しく思っているはずだ。

それでも、僕は問わずにいられなかった。

確かめずにいられなかった。

「恭平っ……」

肩に伝わる体温が、やけに頼りなく感じるのは気のせいだろうか。

「ねえ、これが愛ってもの？」

みっともない鼻声を恭平が嘲笑わずに聞いてくれるのに甘えて、僕は思いつくままに喋り続けた。

「恭平のためなら、なんでもしたいって思う。なんでもできるって気になるんだよ。なんだか……熱くて、凶暴な何かが、身体の中で嵐みたいに暴れてる」

「ああ……」

ルーズリーフを持った恭平の右腕に、ぐいっと左肩を抱き込まれる。

「な……なのに、それはあったくてやわらかくて……ねえ、これって何？　もしかして、これが愛？」

「……舜」

すぐに右肩も強く摑まれた。まるで励《はげ》まされているような気がして、僕は勇気を奮《ふる》い立たせる。

「恭平……。ねえ、でも分からないんだよ」

ゆっくりと、ともすればすぐに胸を覆い尽くしそうな恐怖を追いやって、僕はおずおずと顔を上向けた。

「確かに僕の中には、恭平を想う気持ちがある」

言って、僕は恭平の切れ長の二重の瞳を見つめた。

「ああ」

こくりと頷いて微笑みを浮かべる恭平の顔は、昨夜の土気色した、いかにも病人といったものではなくなっていた。

いつもと変わらぬ優しい声と僕の肩を励ますように抱く腕のぬくもりに、心からホッとして溜息を吐く。

「でも、これが愛なのかって訊かれたら、僕は分からないんだ」

僕はもうずっと前から、詩を書くときにも同じようなもどかしさを感じていた。

「だって……だって恭平！　僕にしてみたらこの胸にあるものは、愛なんて……そんな陳《ちん》腐《ぷ》な言葉じゃ言い表せない。ううん、……足りない。足りないんだ――っ！」

この手の中にある詩も、恭平へと溢れる形のない想いも……僕の胸に確かにあるのに、言葉にすると途端に違うものに――似て非なるものになってしまう。

「ねえ、どうすればちゃんと伝わる？　コレを表す言葉は、きっとこの世にはないんだ」

肋《あばら》の浮いた胸を叩くと、涙がまた零れる。鼻水が滴《したた》りそうになるたび、僕はスンスンと啜った。

まっすぐに見上げて、恭平の瞳を覗き込む。

けれど恭平は黙ったきりで、少し赤みの戻った顔に驚きと戸惑いを浮かべていた。

「舜……っ」

恭平の顳顬がかすかに痙攣する。それを認めた瞬間、僕は思わず叫んでいた。

「でも……僕は、恭平が好き！　愛してる！」

考えるより口が先とか、そんなレベルじゃなかった。言葉が浮かぶよりも、意識するよりも先に、勝手に口を突いて出た台詞だった。

なのに……心は晴れない。

何かが違う、足りないと叫んでいる。

全身が燃えるように熱くて、このまま焦燥の炎に焼かれて死んでしまうんじゃないかとすら思った。

「けど、何かが違うんだ！　僕が恭平にあげたいのは、こんなありふれた言葉じゃ伝わらない。言葉になんかできない……っ！」

余裕なんてどこにもなかった。とにかく僕は、恭平に僕の心のすべてをあけすけにして、見せてしまいたかった。口から腕を突っ込んで、身体を内側からひっくり返せたら、少しは恭平にも伝わるだろうか。

「舜、落ち着くんだ……」

涙に咽《むせ》び、ズルズルと崩れ落ちてしまった僕を、恭平がしっかりと抱き締めてくれた。二人して床に膝をつくと嗚咽に震える肩を抱き締め、骨の浮いた背中をあやしてくれる。

それでも、僕はどうにも悲しくて、切なくて、苦しかった。

「どうしよう……恭平。もどかしくて……死んでしまいそうだ」

バスローブの胸許に縋りつきながら、僕は恭平の胸に額を擦りつけた。

どんなに言葉を尽くしても、恭平への想いを上手く伝えられない。

何が、詩人だ——。

そう自分に、悪態を吐きかけたときだった。

「大丈夫だ、舜」

闇に包まれたクローゼットの中で聞いたのと、同じ声が耳朶《じだ》をくすぐった。優しさだけでできたような大きな掌が、僕の身体をゆっくりと撫《な》で摩《さす》り、嗚咽を落ち着かせてくれる。

「そんなに泣かないでくれ」

髪を梳き上げる手の動きに誘われるまま、僕はゆっくりと瞼を開き、顎を上向ける。少し頬骨の高い恭平の顔が、息のかかるほど間近にあった。

節くれだった指に耳をくすぐられ、首を竦めたところで髪に口付けられる。

「あ……っ」

途端に、全身に電流のような刺激が走って、僕は目を瞠《みは》った。

「お前の想いは……」

何度か髪や顳顬へ唇を押しつけてから、恭平がしっかりと僕の身体を抱き締める。

「痛いくらい、ちゃんと伝わっている」

そうして、恭平は手にしたルーズリーフを僕の目の前に掲げてみせた。白い紙には走り書きの乱暴な文字で詩がいっぱいに綴られている。

「愛しているよ、舜」

力強い抱擁《ほうよう》に総毛立つ。身震いするような感動は、僕を軽くパニックに陥《おとしい》れた。

胸がイタイ。また涙が溢れる。

「愛しているんだ、お前だけを」

まだほんのりと熱っぽい恭平の身体を、僕は精一杯の想いを込めて抱き返した。

「うん――」

耳に注がれる恭平の声は、他の誰の声よりも僕を幸福にしてくれる。

「僕も……恭平を――」

本当は同じように言えればよかったんだろう。けれど、どうしても僕の想いに「愛」という言葉は当てはまらないような気がした。

だから僕は、こそりと胸に誓った。

僕は、詩《うた》おう。

想いを詩に綴ろう。

それでもきっと、文字になって詩になると、僕の胸にあるものとは形が少し違ってしまうかもしれない。

けれど恭平は、分かってくれるはずだ。

だって今、恭平は僕を抱き締めてくれている。

「恭平……、大好きだ」

もっとたくさん伝えたいから、僕は詩うよ。

恭平のために――。

パサパサとささやかな音がして、恭平の手からルーズリーフが舞い落ちる。そうしてさらに強く抱き締められたかと思うと、恭平が僕の頬に少し髭の生えた頬を擦りつけて囁いた。

「ありがとう。舜」

チクリと頬をさす刺激よりも、はじめて恭平から与えられた言葉に心が弾ける。

「う……っ」

止まりかけていた涙が、再び堰《せき》を切ったように溢れ出した。鶏ガラのような腕で恭平の背中を掻き抱《いだ》くけど、それじゃとても心が満たされない。

「泣くな、舜」

言いながら、恭平が僕の瞼にキスをする。勝手に流れ落ちる涙を啄《ついば》んでくれる。

それが嬉しくて、また僕は泣いてしまうのだ。

「……ふ、うぅ……っ」

「舜、今はお前の涙と、この詩だけで……充分だ」

恭平の声には喜びと安堵と、そしてほんの少しだけ寂しさが滲んでいるようだった。


あれから数十分も泣きじゃくった僕は、その後恭平にバスルームに押し込まれた。そして、家でもそこまでしないだろう……ってくらい、念入りに身体を洗われたのだった。大きくて浅いバスタブに二人で浸かっている間、恭平はひどく上機嫌で、そんな恭平を見ていると僕も不思議と嬉しくなった。

そして、部屋で朝食を摂った。お腹は空いていたのに、何故だか僕は胸がいっぱいでほとんど食べられなかった。

恭平が心配そうな顔をしたけれど、正直に打ち明けたらホットココアを頼んでくれた。

「ねえ、恭平。やっぱり恭平が淹れてくれるココアが一番おいしいよ」

どうにかココアを飲み干してそう言うと、恭平が照れ臭そうに笑う。

「ただのインスタントなんだがな」

恭平は病院で受けた点滴と薬のお陰か、すっかり体調がいいようだった。

「お前が俺を心配して大阪まで来てくれたことが、一番の薬になったんだ」

帰り支度を整えて、僕の髪を撫でながら言ってくれるのが面映い。

そうしてホテルを出る前に、林さんと柊木に連絡を入れた。林さんは申し訳ないくらい驚いた様子だったけど、僕が「心配かけてごめん」と言うと、今度はひどく喜んでくれた。

そして柊木は、僕がちゃんと着いたと連絡しなかったことを怒っていた。それでも「よかったですね」と言って許してくれた。

「それじゃ、帰るか」

恭平がもうすっかり普段と変わらない表情で僕を見つめる。

僕は少し物足りなさを覚えたけれど、恭平が元気になったことが嬉しかったから、何も言わずに頷いた。

「帰ったら、ココア淹れてくれる？」

「ああ、約束するよ」

恭平がそばにいて、僕に笑ってくれている。

セックスしてくれないのは寂しいけれど、恭平が笑ってくれるのなら、僕はそれだけでとても幸福だった。

【五】

ハロウィンのカボチャのディスプレイが、クリスマスのそれにとって替わる頃、全国の書店に宮脇蒼の第二詩集が並んだ。

「……あの日、東京にお帰りになるなりお電話いただいたときは、夢でも見ているのかと思いましたよ」

発売日の前日、献本《けんぽん》を持って訪ねてきた柊木は、こっちが恥ずかしくなるくらい上機嫌だった。

「柊木さんが舜に大阪への行き方を教えてくださらなかったら、きっと今の状況はなかったでしょうからね」

客間から聞こえる恭平と柊木の話に耳をそばだてながら、僕はキッチンで林さんがお茶を淹れてくれるのを待っていた。

「まあまあ、立派な鯛焼《たいや》き。あんこがたっぷりで美味しそうですよ」

「鯛焼きには、やっぱり緑茶だね」

柊木が手土産に持参した老舗《しにせ》の鯛焼きは、ここ最近で僕の一番のお気に入りだ。林さんが煎茶を淹れる手許を覗き込むようにして、僕はお腹がきゅうっとなるのを感じた。

「既に重版も決定しています。処女詩集を超える人気作になるのは間違いありません」

興奮して涙ぐんでいる様子の柊木の声を聞いていると、僕はなんだか少し申し訳ない気分になる。

第二詩集は、あの日、大阪のホテルで一気に書き綴った作品が収められている。衝動に駆られるまま乱暴に、感情が溢れるままに綴った詩ばかりだ。

恭平には今回の詩には独特のリズムがあって、言葉選びも処女作とは随分変わったと言われた。

「単語だけ並んだかと思えば、それらをまとめる一文がタイミングよく差し込まれ、羅列《られつ》された単語に意味があると伝えている。心地よいリズムに読者は親しみを感じますよ」

ルーズルリーフに殴り書きした詩を読んでそう言ったのは柊木だ。涙を浮かべ、鼻水を垂らしながら「最高です。感動しました。さすが宮脇蒼です！」と褒《ほ》めちぎった。

ただ吐き出すため、ゴミ屑《くず》か搾《しぼ》りカスのように思っていた詩に、自分の感情を意識したのは、あの日がはじめてだった。

怒りや戸惑いや喜び、寂しさや切なさや愛しさ。

僕の身体を埋め尽くすばかりか、溢れ出そうとするありとあらゆる感情が、すべて恭平へと向かうのを抑えられなかった。

数十枚にわたるルーズリーフに、僕は恭平への想いをひたすら詩にのせて綴ったのだ。

――恭平が、好きだ。

他の誰にも抱いたことのない感情は、今も僕の手に余って戸惑うばかり。

好きでどうしようもなくて、抱いて欲しくて仕方がないけれど、嫌われたくないから求めることもできない。

だから僕は、詩を書く。

溢れる恋情を、親愛の想いを、日頃の感謝を、僕は詩い綴る。

「さあ、客間へお願いします」

お茶の準備を整えると、林さんがお盆を僕にそっと手渡して言った。

「鯛焼きの……詩、書けそうだな」

「まあ、それは楽しみですねぇ」

林さんの嬉しそうな声に、僕も楽しくなった。

客間に行くと、柊木のボルテージはさらに上昇していた。まるでお酒でも飲んだみたいに、声が上擦って顔も赤くなっている。

「宮脇蒼という稀代《きたい》の詩人が、僕の夢を……叶えてくれました！」

唾《つば》を飛ばして感極まった様子の柊木の前で、恭平があからまさに不機嫌な顔をしているのがどうにもおかしくて、僕は少しの間、廊下にそのまま佇んでいた。

発売日から数日後、僕は恭平と通院の帰りにとある大型書店に足を運んだ。

実は、大学構内にある書店以外の書店を訪れるのは今日がはじめてだった。

僕は近頃、少しずつ友だちができて行動範囲も広くなっている。家と大学と病院くらいしかひとりで行けなかったのに、今では近所で一人暮らしする友だちの部屋に遊びに行くことだってあった。

摂食障害の治療は、今もまだ続いている。

以前に比べれば随分と食事が摂れるようになったけれど、相変わらず偏食が多く、量もカロリーもまだまだ成人男性の正常値には届かない。

それでも、痩せこけていた身体には肉がつき、頬も丸くなった。まるで北欧人のようだった白い肌にも、赤みが増して指先が冷たく凍えることも少なくなっている。

恭平とは……実は大阪でキスをして以来、スキンシップ以上のことは何もない。

寂しいし、セックスして欲しい気持ちは溢れるほどあるけど、以前のように無理に強請《ねだ》ったりすることはなくなった。詩集の作業や大学が忙しかったのと、今はまだ求めちゃいけないという想いが、自然に僕の胸に生まれていたからだ。

それに恭平も、あの夜みたいに僕を抱き締めてキスしてくれることはなかった。

「ああ、あそこだ。舜」

書店の正面入口を入ってすぐの大きな平台の真ん中に、見覚えのある本が積み上げられていた。派手なポップがいくつも飾られ『ベストセラー』『注目作』『店員のおススメ』などという字が目に入る。

第二詩集の表紙には、雪原に立つ少年の後ろ姿――僕の写真が使われている。

柊木の提案に恭平は最後まで反対したけれど「顔出しは絶対にしない、モデルが誰であるかも明かさない」という条件で今回の装丁《そうてい》が決まった。

「すごい……」

平台から少し離れた場所に恭平と並んで立って、僕はぼそりと呟いた。僕の詩が一冊の本となって、キラキラとスポットライトを浴びて並んでいる。自分があそこに立っているような気がして、嬉しさと恥ずかしさに頬が緩んだ。

「あ、これこれ！　今日、テレビですごい人気だって言ってた」

そのとき、女子高生らしい二人連れが平台に駆け寄って詩集を一冊手にとった。

――あ。

心臓が、飛び跳ねる。

「なんかさぁ、すっごい切ない恋してるって感じだよね」

「うんうん、なんかいいよね」

きゃっきゃとひとしきり平台の前で騒ぐと、二人はそれぞれ一冊ずつ手にとって、そのままレジへ向かった。

「すごい」

僕はまた、ぼそりと呟いた。とても不思議な気持ちだった。

身勝手でひとりよがりに、詩を書いてきたはずだった。

食べるためにセックスして、不安な気持ちを誤魔化し、腹に溜まった澱を吐き出すように詩を書いていた。

僕は詩のほとんどを、今も自分の想いを昇華するために書いていると思っている。恭平への想いが表れた詩ばかりだから、やはりひとりよがりな詩だと思う。

けれど、そんな僕の詩を、見ず知らずの他人が買って読んでくれる。

同じように、切ない気持ちに胸を痛めてくれると知って、どうしようもなく胸が震えた。

「恭平……」

僕は隣に立つ恭平の、コートの裾をそっと摘まんだ。

「僕の詩は……僕だけのものじゃないんだね」

すると恭平がおもむろに平台に近づいて、平積みされた中から一冊を抜き去った。そして、表紙の中で雪原にひとり立つ僕の背中を愛しげに撫でる。

「言っただろう、舜」

振り返って僕を見つめる瞳が、心なしか潤んでいるように見えた。

「お前は……お前の詩は、俺の夢であり、希望だと――」

詩集を持つ恭平の手が小刻みに震えていた。優しい微笑みに、恭平の想いが滲んでいる。

新しい詩集の感想を、恭平はいまだにちゃんと聞かせてくれていなかった。

けれど、今、目の前の恭平の表情を見て、不安も不満もきれいに吹き飛んでしまう。

「舜、俺は今、かつてないくらいに幸福に満たされている」

穏やかな笑みを浮かべた恭平が上擦った声で囁くのに、僕は鼻の奥がツンとなって、胸がきゅっとなるのを感じた。同時に、全身があたたかな気持ちで満たされる。

どこかむず痒いような、それでいて心地よい感覚に促されるまま、僕はそっと足を踏み出して詩集を持つ恭平の手を握った。

「舜?」

恭平が少し驚いた様子で、僕を見下ろす。

熱に浮かされ潤んだような視線に、急に身体が熱くなるのを感じた。顔が火照って汗がじわりと滲む。耳が真っ赤になっているのが、自分でも嫌になるくらい分かった。

――どうしよう。

大阪のホテルで髪や顳顬に切なくなるようなキスをくれて以来、一度も触れてくれずにいた恭平の熱に潤んだ瞳に見つめられ、どうしようもなく身体が疼き始める。

決して、空腹ではない。

ただ、心が……身体が、恭平を泣きたいくらいに求めている。

「恭平……っ」

上目遣いに見つめたまま、僕は唇を戦慄かせた。

恭平が欲しい。

軽く触れ合ったり、キスをくれるだけじゃ、きっと物足りない。身体の一番深いところで、恭平が僕のそばにいてくれる実感を確かめたかった。

この胸の高鳴りを、恭平の肌に直接伝えたい。

好きだと……僕の想いを、身体で伝えたいのだ。

「あの……さ」

「どうした?」

恭平が僕の顔を覗き込む。優しさをたたえた切れ長の二重瞼に、口付けたくて堪らなくなる。

もう二度と恭平とセックスできないのなら、僕はそれでも構わないと思い始めていた。

確かに寂しくて辛いけれど、恭平がそばにいてくれるなら僕は幸せだ。

でも、今は我慢できないくらい恭平が欲しい。

二つの相反する想いに、僕は項垂れてしまう。

「あの……この詩集はさ、恭平」

顔が焼けるように熱い。耳がジンジンと痛むのは、決して寒さのせいじゃない。

「僕の……愛だよ？　本当は愛なんて言葉、使いたくないけど……恭平のこと想って生まれた詩なんだ。だから……あのさ」

言葉が上手く出てこない。こんなとき、どう伝えればいいのか今も分からずにいる。

「好きなんだ、恭平。だから……僕とセックスして――」

書店に流れるクリスマスソングに掻き消されそうな声だった。

愛が形のあるものなら、僕だってこんなあやふやな伝え方なんてしない。けれどどうしても僕には恭平への想いが「愛」なんて言葉じゃ言い表せない。物足りない。

だから、言葉の代わりに詩を書き、確かめるために身体を繋ぎたいと思う。

――あ。

そのとき、僕はふと気づいた。

恭平が好きだから……愛しているから、セックスしたいんだ。

このかけがえのないぬくもりが自分だけのものだって、確かめたいから求めるんだ。

そんなささやかな理由に気づかず、僕は「食べるため」にセックスを強請り続けてきた。

恭平はもうずっと、僕を愛してくれていたのに――。

自分がどんなにひどい人間だったのか、改めて思い知る。

「……あの、恭平？」

いつまで待っても返事が返ってこなくて、おずおずと顔を上げる。

目が合った途端、恭平が僕の手を強く握った。

「えっ」

詩集を平台に戻し、恭平に引き摺られるようにして書店を後にする。

そして大通りでタクシーを拾うと、恭平は何かを堪えるような表情で運転手に家の場所を告げた。

「作家に、なりたかったんだ」

走り出したタクシーの車内で、恭平が優しく目を細めて話し始める。

「俺は田舎の農家の三男坊で、家は早くに長兄が継いでいた。親からもさして期待されないまま、作家になる夢を胸に上京した。……だが、多少勉強ができたところで作家になれる訳じゃない」

淡々と話しているようで、恭平の言葉には隠し切れない悲しみが滲んでいた。

恭平は、自分に創作の才能がないことに、大学に入ってすぐ気づいたと言った。読み解く力があっても、文章を編んで人々の心を打つ物語は書けない——と。

「院に上がったはいいが、このまま何も創造できずに研究者として生きるのかと、夢や生きる理由を見失いかけていたとき、須藤教授がお前を養子に引き取られた」

その後は、僕も知っている。僕のセックス依存に手を焼いて、お養父さんが恭平に僕の世話を……セックス込みで押しつけたのだ。

思えば、恭平にとっては迷惑以外の何ものでもなかったろう。

「本当は……嫌だった？」

いくら師事する教授の頼みでも、ふつうなら男が男とセックスなんて、そう簡単にできるものじゃない。今なら僕にも理解できる。

申し訳ない気持ちに項垂れる僕に、恭平がやけにのんびりした声で答えた。

「一種のインプリンティングのようなものだったんだろう」

コートの下で恭平がそっと手を重ねてきた。その手のぬくもりを心地よく感じながら、僕は恭平の告白に聞き入る。

「クローゼットの隙間から、お前、俺に縋るような視線を向けて抱きついてきただろう？　あんなふうに誰かに強く求められたことがなかった俺にとって、お前の言葉は強い言霊《ことだま》となって俺を縛りつけたんだ」

怖々とクローゼットから出た僕を抱き締めてくれたときの光景を、記憶の引き出しの中から引っ張り出す。

『じゃあ、じゃあ……ずっと一緒にいてくれる？　僕をおいていなくなったりしない？』

あのときの約束を、恭平はずっと守ろうとしてくれていた。

「俺はお前に……強く惹《ひ》かれた。疑いもなく一心に求められて、自分だけがお前を守ってやれるのだと、驕《おご》った優越感さえ抱いた。そして……お前の詩を読んだとき、それはもっと強くなった」

文字を覚え、言葉を覚え、詩を綴ることを覚えた僕をはじめて褒めてくれたのが恭平だった。

「だが同時に、不安に駆られるようにもなったんだ」

「え？」

思いがけない言葉に、僕は恭平の顔を見返す。苦笑を滲ませつつ、恭平は先を続けた。

「お前が、いつか俺のもとからいなくなるんじゃないかと……」

腕を手繰り寄せられ、肩を抱かれる。僕は素直に身体を預け、恭平の肩にこてんと頭をのせた。運転手がミラー越しに後部シートを気にする様子はない。

「僕が……いなくなる？」

「ああ」

恭平が運転手の目を盗むようにして、僕の髪に唇を押しつける。

「お前の詩は、広く人に読まれるべきだと直感した。須藤教授の遺言がなくても、そうすべきだと思っただろう。だが同時に、お前が俺の手を離れて外の世界へ飛び立ってしまうことへの不安が拭《ぬぐ》い切れなかった」

心細げな掠れ声に、僕は何も言えなくなる。

「二人だけであの家に閉じこもっていられたなら、こんな不安は抱かなかったろう。だが、お前に広い世界を見せてやりたい、お前の才能を無駄にしたくないという気持ちも捨て切れなかった」

恭平が僕のことでこんなに苦しんでいたなんて、少しも考えたことがなかった。

「外の世界を知り、たくさんの人と出会ったときに、果たしてお前が俺を必要としてくれるか……不安で堪らなかった。そうして俺は……」

肩を抱く恭平の手が小刻みに震えていた。二人並んで座った後部シートが、重苦しい緊張に包まれる。

「お前にも……俺と同じように愛して欲しいと、身勝手な願望を抑え切れなくなった。揚《あ》げ句、お前を突き放し、試すようなひどい仕打ちをした」

「……恭平」

春に突然僕を拒絶した理由に、恭平の苦悩と葛藤《かっとう》があったのだとはじめて知る。

「俺はお前が思うほど、できた人間じゃないんだよ。舜」

くぐもった声が、僕の鼓膜を切なく震わせた。セックスもしていないのに、身体の中心が熱くなって、涙がこみ上げる。

こんなにもどうしようもない僕を、恭平は夢だと言ってくれた。

生きることの意味も、人の言動の源にある想いも知らなかった。

自分の意思もなく、ただ流されるまま生きてきた。

そんな僕を、恭平は手放せないと言ってくれる。

「約束……するよ、恭平。恭平が僕に約束してくれたように」

このかけがえなのないぬくもりを、決して手放してなるものかと固く決意する。

「ずっと一緒にいてくれるって、約束しただろう？　だから僕も……ちゃんと自立して、生きられるようになる。それでずっと、恭平と一緒にいられるように頑張るから」

「ああ……」

恭平が涙の滲んだ目を細めてこくりと頷き、僕の髪に優しくキスをしてくれた。


「え――？」

三和土《たたき》で靴を脱ぎかけたところで、背中から乱暴に抱き竦められて、一瞬、何が起こったのか分からなかった。

「舜……っ」

かわいそうなくらい上擦った恭平の声が、耳に触れた唇から漏れ聞こえた。

「うあ……っ」

ゾクリと、激しい悪寒にも似た痺れが背筋を駆け上がり、僕は堪らず膝から崩れ落ちてしまう。

「や、や……なにっ」

たったそれだけのことで、ペニスがじんわりと熱を持って硬くなり始める。身体中が心臓になったみたいに、うるさいくらい鼓動が響く。

突然のことに思考がついていかない。

「舜」

恭平が僕の目の前にしゃがみ込んで、冷たい手に顎を捕らえられた。声をあげる間もなく口付けられて、かさついた唇と熱くぬめった舌に下唇を舐《ねぶ》られる。

「ふっ……んっ」

恭平が片手でしっかりと僕の後頭部を支えたまま、もう一方の手で器用に僕のマフラーとコートを剝ぎ取った。

唇が唾液にまみれ、吐息に熱がこもり、僕の思考はあやふやになる。

恭平が、僕に触れている。

熱に浮かされたような頭で、夢か妄想じゃないだろうかとぼんやり思っていると、恭平が僕の舌をキリリと噛んだ。

「あぁ……っ！」

痛みに声をあげると、すかさず唇をピタリと塞がれてしまう。息苦しさに鼻で呼吸をしても、混乱して思うように肺が膨らんでくれない。

「……舜」

甘い囁きに鼓膜が震え、僕の手足は糸の切れた操り人形のように力を失った。

「はっ……あぁっ」

やんわりと唇を啄むようにされて、やっと十分な酸素を吸い込む。

薄く開いた瞳に、情欲にまみれた恭平の姿を捉えた瞬間、僕は大きく目を見開き、息を呑んだ。滴るような色香をまとい、恭平が欲情に血走った瞳で僕を見つめている。

「舜、もう一度……言ってくれ」

懇願する声はまるで呪文のようで、何もかも差し出してしまいたくなった。

「どうして、俺とセックスしたいんだ？」

強い願望と劣情に潤んだ瞳に見据えられ、思わず喉を鳴らす。

「だか……ら、僕が恭平を……好きだから――」

「ああ――」

恭平が盛大な溜息とともに、泣き笑いの表情を浮かべた。

直後に、脇の下から抱え上げられ、僕は驚きに目を白黒させる。

「な、なに……？」

困惑する僕を後目《しりめ》に、恭平が乱暴に僕の足からスニーカーを取り去り、軽い足取りで廊下のすぐそばの客間に入っていった。

「き、恭平……？」

そっと畳に横たえられて、身体を起こそうとしたら、肩をツンと押されて倒れ込んだ。

恭平はときどき熱っぽい吐息を吐くだけで、何も言ってくれない。コートやスーツの上着を忙しげに脱ぎ捨てていく様子にはまるで余裕がなかった。

「——舜」

ネクタイを解いてワイシャツの前を寛げた恭平が、横たわる僕の腰に腕を伸ばす。

「ま……待って」

まさか——という想いと、期待にうち震える感情が、僕を戸惑わせた。

「待たない。もう散々に待った。お前の心と言葉を——」

恭平から返ってきた言葉に、僕は息を呑んだ。

「やっとお前の愛を手に入れられたんだから……」

そして僕の名前を呼んで、恭平が魔法をかけ続ける。

「舜」

大好きな手でセーターを脱がされる間も、僕はろくに抵抗しなかった。

期待が大きく膨れ上がる。それ以上に、ペニスが大変なことになっていた。

「……ふぁっ」

セーターを床の間に向かって放り投げると、恭平は続けてシャツの裾を引き出した。そして、ボトムのジッパーに手を伸ばす。

「う、うそ……だろ！　恭平……っ」

驚いて腰を引こうとすると、恭平が不機嫌な目で僕を睨んだ。大きな掌に腰を摑まれて押さえつけられると手も足も出ない。

「じっとして」

ジジジ……とジッパーを下ろしていく恭平のやたらに焦れったい手つきが、恥ずかしくて堪らなかった。

「だって恭平……なんで、こんな……っ」

確かに、僕は恭平にセックスして欲しいと願い続けていた。

でも恭平はまるで大阪でのことが夢だったみたいに、今日までずっと戸惑うような際どいスキンシップしかしてくれなかったのだ。

それが突然、前置きもなしに求められたら、混乱しても仕方ないと思う。

「いいから、黙って……」

声音も口調も優しいのに、恭平の言葉には有無を言わせぬ力強さがあった。

それでなくても今の僕は、恭平の声を聞くだけ肌を熱くして、勃起を震わせてしまうのに抗《あらが》える訳がない。

縋るように視線を向けると、恭平が少し困った笑みを浮かべた。

「お願いだ、舜。お前が欲しくて……抱きたくて堪らない――」

「――――ッ！」

全身を雷に打たれたみたいな衝撃が走り抜ける。

はじめて恭平からセックスを求められた喜びに、目眩《めまい》にも似た浮遊感を覚えた。

「愛しているよ、舜」

情熱の昂ぶりに掠れた声で囁いて、戦慄く僕の唇を宥《なだ》めるようにそっと塞ぐ。

恭平の熱い舌に歯をそろりとなぞられて、僕は堪らず腰を浮かせた。ジンジンと腰骨の奥が疼くのを止められない。

恭平は僕の舌や唇を存分に味わいながら、器用にボトムや下着を取り払っていく。心地よい快感に惚けているうちに、下半身を丸裸にされてしまっていた。

「……うぁ」

身体をぴたりと密着させて、恭平が僕の脚にスラックスの脚を絡ませる。シャツの裾から忍び込んだ手で腰に直《じか》に触れられると、あらたな快感に顎が仰《の》け反《ぞ》った。

弾みで解けた口付けを、恭平がすぐに結び直す。

「つふぅ……んンッ」

舌で口の中を舐め尽くされながら、このまま恭平に食べられてしまってもいいような気がした。

恭平が濡れた唇で僕の顎を辿り、頬を舐め、耳をしゃぶって首筋に軽く歯を立てる。

久し振りの愛撫に僕は呆気《あっけ》なく陥落《かんらく》し、すべての主導権を恭平に委《ゆだ》ねた。

焦らしつつも執拗《しつよう》な愛撫に、もう何も考えられなくなる。

「ふぁっ……ん」

恭平が僕の膝頭をそっと摑んで、腿《もも》の間に肩を捩《ね》じ込んでいく。

「え、……や、あっ」

下着から少しだけ頭を覗かせていたペニスが、器用な指先に摘まみ出された。

「ひあ……あ、あぁぁ……っ！」

先走りで濡れた先端を、恭平が躊躇《ためら》いもなく口に含む。

「きょぉ……へいっ、や、あ、あぁ……ンッ」

顳顬を伝って涙が滴り落ちた。頭を畳に擦りつけながら、鮮烈な快感に嬌声が漏れるのを堪え切れない。

「あぁ……っ！」

ねっとりとした熱い粘膜と少しざらついた舌で容赦なくペニスを愛撫されると、全身が打ち上げられた魚のようにビクビクと跳ね上がって、身も世もなく泣き叫んでしまう。

「んあっ……や、あぁっ、恭平っ……あ、あぁっ！」

恭平が唾液を啜るような音を響かせて僕のペニスをしゃぶりながら、後ろの袋を大きな手で揉みしだく。

雨が降り、涸《か》れた大地に水が染み込んでいくように、僕の身体は与えられる快感を貪欲《どんよく》に呑み込んでいく。

「や、もぉ……イ……クッ」

悦過ぎて堪らない。腰が勝手に揺れるのを、自分でも止められなかった。知らぬ間に恭平の黒髪に指を絡みつかせ、もっと欲しいと押さえつける。

「きょう……へぃっ、あ、あぁ……んあっ」

恭平の指が、許しを請《こ》うように僕の身体の奥を弄《いじ》り始めた。

「あ……っ！」

新たな刺激に首を擡《もた》げ、僕は涙に濡れた瞳を向ける。

恭平も興奮しているようで、切れ上がった眦《まなじり》がほんのり赤く上気していた。

「舜――」

吐く息が湿っていて、僕の名前を呼ぶ声にも艶《つや》のようなものが滲んでいる。

「……いいか？」

求められるまま、僕は自分で脚を左右に大きく開いてみせた。慣れたはずの行為なのに、間が空いたせいか妙な気恥ずかしさを覚える。セックスの最中に恥ずかしいと思ったのははじめてだった。

けれど、恭平を求める気持ちの方が何万倍も大きくて強い。

「恭平っ、はやく……っ」

自分がどこかおかしくなってしまったみたいで、とにかく早く恭平とひとつになりたくて堪らない。

「急《せ》かすな……」

恭平が手早くスラックスの前を寛げて、下着の中から大きく硬く勃起したペニスを取り出した。自分の手で硬さを確めるように扱《しご》くのを、僕は夢中で見つめる。

「おねが……い、恭平っ」

焦らされているようで、苦しくなる。恭平が、欲しくて仕方がない。

「ああ、分かっているから……煽《あお》らないでくれ」

恭平もどこか苦しそうだ。

両足首を摑まれて、腰を引き寄せられる。

恭平が肩を大きく喘がせ、喉を鳴らすのを見上げた。突き出た喉仏が大きく上下する様子に、どうしようもなくそそられてしまう。

「……舜」

ペニスの先端を僕のお尻に押しあてると、恭平がそっと右手を伸ばして髪に触れた。

「恭……平」

「愛しているよ」

囁くと同時に、やけにゆっくり身体を穿《うが》ち始める。

「ああ……っ」

恭平の言葉に応える余裕もなく、僕は熱風のような奔流《ほんりゅう》に呑み込まれていった。

「あぁっ……んあっ、はぁ……んあ、あぁんっ」

時間をかけた抽挿は、かえって僕に余裕を失わせた。慣れないリズムに呼吸が乱れ、全身が小さく痙攣していつまでも治まらない。

「ふぁ……っ」

恭平のすべてを受け入れたと同時に、意識する間もなく、限界まで高められていたペニスが呆気なく精を放った。

凄絶な絶頂に、一瞬、意識が飛ぶ。

「ひ……あっ、あぁ……っ！」

真っ白に輝く閃光《せんこう》の中で、恭平の体温と熱い昂ぶりだけが僕を繋ぎ止める。

「たくさんイッていいから……俺を、ちゃんと感じてくれ」

休む間もなく、恭平が律動を開始する。

「ああっ、あ……や、また……うあぁっ……！」

突き上げられるたび、ペニスがビクビクと跳ねながら薄い腹を何度も叩いた。イッたばかりなのに、射精が止まらない。目の前を星がチカチカと光って飛び交う。鮮烈で圧倒的な絶頂感に、呼吸もままらない。

それでも、やめて欲しいなんて思わなかった。

「……っ、はぁ」

恭平が吐息を噛み殺すかすかな音にも、身体は貪欲に反応する。

もっと、欲しい。

もっと強く抱いて、僕をしっかりとこの光溢れる世界に繋ぎ止めていて――。

「恭平っ……あ、あぁっ……すご……い、あ、すき……好きっ！」

身も世もなく僕は叫び続ける。ワイシャツを羽織ったままの背中を掻き抱き、放すものかと縋りつく。

「しゅ……んっ」

名前を呼ばれるだけで、意識を失ってしまいそうな快感に包まれる。

こんなセックスは、今までになかった。

大阪のホテルで優しいキスをくれたときとはまた違う、胸を焦がすような歓喜に溺れる。

「はぁっ……あ、恭平っ！」

僕はもうずっと、飢えていた。

けれど、飢えを満たすために恭平が欲しかった訳じゃないと悟った。

「……ああ、舜っ」

呼ぶと、応えてくれる。手を伸ばせば、差し伸べて摑んでくれる。

明るい世界へ僕を連れ出してくれた手を、二度と失いたくなかった。

「んっ……」

恭平の息も激しく乱れていた。癖のある髪が汗ばんだ額に張りついて、艶《なま》めかしい。

「すき……っ」

僕は恭平の背中から腕を解いて、汗を滲ませた頰を包むように触れた。

「ああ」

律動はそのままに、恭平が瞼を閉じて頷く。

「う……れしいっ」

溢れる想いを、詩ではなく、たったひとり恭平のためだけに、言葉にして伝える。

「好き……になれて、嬉しい……」

抱いてくれて、嬉しかった。

食べることなんてどうでもよくて、恭平とひとつになれたそのことだけが、僕に人生で一番の幸せをくれる。

決して、食事の前の儀式などではない、あたたかく幸福な時間。

ときに激しく、そして優しく、恭平の腕に抱かれながら、僕は胸の奥から確かな形となって生まれた想いを告げた。

「あいしてる」

もうずっと、こうしていて……。

「ああ……」

「恭平と……いっしょに、生きたいんだ……っ」

恭平が、泣いているように見えた。ふわりと微笑み、口付けとともに応えてくれる。

「……お前をずっと、愛し続けるよ」

背中を丸め、恭平が耳許に囁く。

同時に、繋がった箇所が小さく痙攣した。

「あ……あぁっ」

腹の内側が、灼けるように熱い。

恭平が、嚙み締めた唇を戦慄せている。

中に放たれたのだと覚った瞬間、僕は再び絶頂を迎えた。

宮脇蒼の第二詩集は日本中の話題となり、発売直後から増刷を何度も繰り返すベストセラーとなった。

謎に包まれた稀代の詩人として宮脇蒼本人にも注目が集まり、テレビや雑誌で特集が組まれているようだけど、僕はまるでピンとこない。

「宮脇先生、これ……僕からの心ばかりのプレゼントです」

担当編集者の柊木がそう言って、おずおずとリボンで飾られた銀色の包みを僕の前に差し出したのは、クリスマスイブの昼過ぎのことだった。

「僕も詳しくないんですが、希少価値のあるココアパウダーだそうです。これで作ったホットココアを飲んで、是非、次の作品も素晴らしいものにしていただければ……」

「ふぅーん」

「あの……宮脇先生。少しは喜んでくれてもいいじゃないですか。僕がどれだけ悩んでプレゼントを選んだと思ってるんです」

素っ気ない僕の態度が気に入らないのか、柊木が唇を尖らせた。

年内最後の講義を終えたこの日、僕は恭平と二人きりでクリスマスを過ごすのを楽しみにしていた。恭平おススメの単館上映の映画を観る約束になっていたのだ。

それなのに、何故かいきなり柊木がやってきて、プレゼントの包みを押しつけたかと思うと、僕の詩集が前作と合わせて重版が何刷までいったとか、次はいつ頃にしましょうかなどと言って一向に帰ろうとしない。

「柊木さん、きみはいつも担当作家にそんな態度で接しているんですか？」

そこへ、講義を終えて帰ってきた恭平が、あからさまな嫌悪を浮かべ柊木を睨みつけた。

「い、いや……篠崎先生っ」

狼狽える柊木を横目に、恭平はまっすぐ僕の方へ歩み寄る。

「ただいま、舜。遅くなってすまなかったな」

「ううん、大丈夫。僕も大学で友だちとちょっと話し込んだりしてたから」

僕はえへんと胸を張って言った。

「そうか」

恭平がにこりと笑って僕の肩を抱き寄せ、きつい口調で柊木に告げる。

「今日はこれから舜と出掛ける予定なんです。用件が済んだなら帰ってもらえませんか」

「なんだかすっかり邪魔者扱いですね。まあ、どうせ僕なんてただの担当編集者ですし」

恨めしそうな目でチラッと僕を見て、柊木が盛大に溜息を吐いた。

「何を言っているんですか。舜も私も、柊木さんにはとても感謝しています。きみのように宮脇蒼のことを心から考えてくれる編集者はそうはいない」

「……ありがとうございます」

恭平にぺこりと頭を下げつつも、柊木は依然として不満そうだった。

「ですから、そんな柊木さんに我々もお礼をしなければと考えまして、ささやかながらプレゼントを考えたんです」

「は？」

渋々退散しようとコートの袖に腕を通していた柊木が、中途半端な体勢で恭平を凝視する。

「宮脇蒼の次の作品ですが、以前、柊木さんがご提案くださった、詩の世界観に合わせた写真などを使ったものでいきたいのですが」

「え……っと、お話が……よく分からないんですが……」

呆然となって固まってしまった柊木に、恭平が微笑みながら言った。

「本人を被写体にしたものではなく、宮脇蒼の心象風景をイメージしたフォトブック――という形式でどうでしょう？　担当編集者としてご検討いただけますか」

やけに慇懃《いんぎん》な口調で話す恭平を、柊木は両目を大きく見開いて見つめる。

「いや、あの……急にそんな……ほ、本当に……いいんですか？」

「舜の顔出しは絶対にしないと、約束していただけるなら」

第二詩集の表紙で僕の後ろ姿を載せるだけでも大反対だった恭平の思いがけない言葉に、さすがに柊木は声も出ない様子だった。

「宮脇蒼本人が映っていなくても、彼の詩と、詩のイメージとなる風景があれば充分でしょう。それは柊木さんにも分かっているはずだ」

ぴしゃりと恭平に指摘され、柊木が無念そうに……けれどしっかり大きく頷いてみせる。

「あのね、柊木さん。フォトブックのやつ、僕がやってみたいって言ったんだ。僕の顔なんか載せるより、人が生活している何げない風景を切り取った、そんな詩集にしたいんだ」

柊木がゆっくりと振り返って僕を見る。

「だから柊木さん、いろいろ教えてよ。僕はこれからいろんな世界や風景を見て、感じたことや思ったことを詩いたい」

「宮脇……先生っ」

さっきまで拗《す》ねて情けない表情をしていた柊木の顔に、みるみる生気が漲《みなぎ》る。

「宮脇蒼を……舜の詩を、きみは後世に語り継がれる名作として、世に出すんじゃなかったんですか?」

可笑しそうに頬を緩めて、恭平がぼそりと呟いた。

「ええ……。ええ、そうですっ!」

うんうんと大きく頷き、柊木が暑苦しいほどの熱意を周囲に振り撒く。

「そうと決まれば、ボーッとしてる場合じゃない。資料を集めて……カメラマンも探さないと……。あとは……ロケの場所とか……」

ブツブツと独り言を言いながら、柊木は挨拶もしないでバタバタと帰っていった。

「切れるのか、ただの熱血馬鹿なのか、今ひとつ掴みどころのない人だな」

ぼそっと呟いた恭平と顔を見合わせる。大声で笑い出しそうになるのを二人して堪えた。

「……ははっ」

それでも、おかしくて仕方がない。楽しくて、幸せな気分になる。

「僕は、いい人だと思うよ。宮脇蒼って詩人に対しては」

「ああ、そうだな」

恭平が嬉しいと、僕も嬉しい。

「彼も、お前の詩に惹かれて仕方がないんだろう」

「嬉しいけど、僕は恭平が喜んでくれたらそれでいい」

言いながら、僕はそっと恭平の肩にもたれかかった。かすかに聞こえる呼吸の音が、僕にやすらぎを与えてくれる。

僕はもう、食べるためにセックスしたいとは思わない。

誰でもいいから、抱いて欲しいとも思わない。

身体を重ねるのは、愛《いと》しいと思った相手だけだ。

そして僕が欲しいと思うのは、恭平ただひとり――。

「前は……セックスしても、幸せだなんて感じたことなかった。でも今は、恭平とセックスすると、すごく幸せで嬉しくなる」

僕の体重をしっかりと受け止めて、恭平が無言で頷いてくれる。

「恭平と抱き合うと、花がいっぱい頭の中で咲くんだ。色とりどりで形もそれぞれ違うきれいな花が、ゆっくりと集まって……詩になる」

セックスの後に筆がのるのは以前と同じだけど、最近はふと目にした光景に刺激を受けて、詩を書くことも増えていた。

「それに、今まで気にとめなかったことが、すごく気になったりする。横断歩道の向こう側の人や、毎日違う空の色とかさ……」

僕の詩は抽象的なものが多いって言われていたけれど、最近は日常を詩うことが増えていた。

「恭平がいる世界だと思うと、それだけで僕は、この世界のすべてが愛しいって思えてくるんだ」

恭平の肩に鼻を擦りつけながら、僕は淡い劣情の種を身体の奥に感じた。

恭平も同じ気持ちでいてくれたら……。

そう思いつつ上目遣いに見つめると、わずかに熱を帯びた切れ長の瞳とぶつかる。

どちらからともなく、唇を重ねた。そして、唇を触れ合わせたまま恭平の顔を窺《うかが》い見る。

すると、恭平がゆっくりと瞼を閉じ、ほのかな笑みを浮かべた。

「何がおかしいの、恭平」

唇を触れ合わせたまま訊ねる。

「お前こそ、人の顔を見てずっと笑っているじゃないか」

薄く瞼を開いた恭平の言葉に、僕も笑っていたのだと気づかされた。

「僕は、ただ……嬉しいだけ」

そう、嬉しいだけ。

「俺も、嬉しいよ」

くしゃりと笑って、僕は恭平の大きな背中を掻き抱いた。

「映画は、いつだって行けるよね」

「ああ、そうだな」

額をつき合わせて、また笑う。

そうして僕たちは仔犬のようにじゃれ合いながら、恭平の寝室へ向かった。

「舜」

ベッドに腰かけて優しく呼ぶ声に、僕は自然と笑みを浮かべる。

窓の外、どこからともなく、ジングルベルのメロディーが聞こえた。

「愛しているよ、舜」

「うん、僕も恭平だけを、愛してる……」

心と身体が欲《ほっ》する人と、肌を重ねて抱き合う喜びを、僕は恭平と出会って知った。

その喜びを詩として生み出す喜びもまた、恭平が教えてくれた。

人を好きになることも、僕を好きになってくれる人がいることも、全部、恭平が教えてくれたのだ。

そして、周りの人の優しさや自分の未熟さを恥じる心と、この光溢れる世界も――――。

だからこそ、僕は思う。

恭平が僕に幸福を、愛を教えてくれたように、僕も恭平に幸福と愛を贈りたい。

僕の胸に溢れる恭平への想いを、詩が涸れ果てるまで贈り続けたい。

このあたたかでやわらかな気持ちが、恭平の言う「愛」なのか、実はまだちゃんと分からないけれど、それでも僕は信じるしかない。

だって「愛」には形がないのだから……。

「ん……」

恭平の口付けに酔い痴れながら、僕はあたたかい光に包まれていく。

愛には形がないけれど、確かに感じることができると、僕は最近知った。

だから愛は、ここにある。

「愛してる」

曖昧で、手にとることはできないけれど、僕は確かに、恭平を愛してる。

「ああ、舜」

髪を撫でられ、唇を啄まれ、僕はそれだけで泣きそうなくらい、幸せだと実感する。

「愛しているよ」


狭くて暗い、じめじめした世界はもう遠い過去。

ここは光に満ち溢れた、愛ある世界――。

⌘　⌘　⌘

この詩集を手にとった読者は、きっと驚きに包まれるだろう。

宮脇蒼の処女詩集『詩が生まれるとき』は、絶望に混沌《こんとん》とした世界で、届かぬ希望に憧れる想いを綴った詩が収められていた。

しかし、この詩集に収められた詩は、幸福と愛の賛歌が紙面から溢れんばかりの情感を持って綴られている。

闇に包まれた地の底から、雲から差し込む糸のような光を求めて希望に喘いでいた作者に、どのような変化があったのかは、凡人《ぼんじん》たる我々には知る由《よし》もない。

それでも、読者は感じるだろう。

闇から手を伸ばし、恐怖に立ち竦むことなく求め続けた先に、光り輝く幸福が、愛が待っていることを。


—— 中略 ——


宮脇蒼の詩は、変わったかもしれない。

だが、彼の詩が人々に与える感動は、前作と変わりはしない。何故ならこの詩たちも、宮脇蒼の身体から生まれた詩だからだ。

人々がおおっぴらに手を伸ばすことを躊躇い、口にすることさえ憚《はばか》る愛や幸福を、彼はその独特な言葉選びで詩う。

明快な言葉で綴られた詩は、前作と同じように老若男女問わず、人であれば誰の胸にも染み込むだろう。

彼の詩が、誰もが懐かしく感じる世界であることに変わりない証拠だ。


—— 中略 ——

闇の中でも希望を捨てず、泥臭くのたうちながらも手を伸ばし、爪先立ちし、そうして光に満ち溢れた世界に辿り着く。

何もかもを諦め、当たり障りのない人生を歩むことを良しとする現代人の心にも、きっと宮脇蒼の詩と同じ想いがあるはずだ。

彼が詩う世界は、誰もが表現できる世界ではない。

けれど彼が詩う世界は本来、誰もが手にすることができ、そこで生きることもできる世界なのだ。

だからこそ、宮脇蒼の詩に触れて欲しい。

闇の中に立ち止まり、光の筋を見失ってしまったとき、彼の詩を……どうか口ずさんでみて欲しい。

きっとどこかから、光がひと筋差し込むだろう。

愛は、ここにあると――。

宮脇蒼第二詩集『愛はここにある』解説より一部抜粋

（解説　能美山大学文学部准教授　篠崎恭平）

あとがき

こんにちは、四ノ宮慶《しのみやけい》です。このたびは『准教授と依存症の彼』を手にとっていただきありがとうございます。

今ここを読んでくださっている方は、もう本編を読まれた後でしょうか？ それとも、先にちらっと捲《めく》ってみたというパターン？

どちらにしても、こんな所までお付き合いいただけてとても嬉しいです。

デビューのお話をいただいた頃、すでに《セックス依存の詩人と、彼と彼の詩を愛し、羨望《せんぼう》してやまない凡人《ぼんじん》》という二人のキャラが胸の中にありました。

そろそろ書けるかな……とプロットを立て、初稿にとりかかったのですが、思うように書けない未熟さやもどかしさに躓《つまず》き、何度も自己嫌悪に陥《おちい》りながらかつてないくらいに苦労して、どうにか書き上げることができました。

おまけにタイトルもなかなか考えつかなくて、それこそ担当さんにお任せしたいと泣きついたりもしました。胸に抱えていた時間が長かった分、このお話への想いが大きくなり過ぎていたのかもしれません。

なんとか形がまとまって、読者様のもとに旅立っていくのかと思うと、大変だったけど書き上げてよかったなぁ……と感慨《かんがい》もひとしおです。作者の手を離れたお話は、読み手の方のものになります。どんなふうに感じてくださるのかとても不安ですが、何か少しでも心に響くものや訴えかけるものがあれば、それで私はとても幸せです。

最後になりましたが、イラストを担当してくださった奈良千春《ならちはる》先生。またお仕事をご一緒させていただけてとても嬉しく思っています。表紙や人物のラフを拝見するたび、感謝の気持ちが溢れて仕方がありませんでした。素敵な舜《しゅん》と恭平《きょうへい》をありがとうございます。

いつも優しく、そして、ときに厳しく導いてくださる担当さま。何度も励ましていただいて感謝しています。これからもよろしくお願いします。

ご多忙の中、取材にご協力くださったH先生、ありがとうございました。

そして最後までお付き合いくださった、あなた。よろしければご感想などお聞かせください。読者様の声が何よりも創作の励みとなります。

それでは、また次のお話でもお会いできますように……。

二〇一三年葉月吉日　四ノ宮　慶

その唇を愛で塞《ふさ》ごう

年が明け、松の内が過ぎて数日経った土曜の夜だった。夕飯を終えて二階の書斎に落ち着くと、篠崎《しのざき》は冬休みの課題として出していた学生たちのレポートの束に手を伸ばした。舜《しゅん》はこの日、同じクラスの学生たちと新年会に出掛けていた。

「……ふう」

溜息《ためいき》を吐《つ》き、レポートを捲る手を止める。胸に棘が刺さったような痛痒い感覚に、知らず苦笑が浮かんだ。

『心配いらないよ。ごはんもちゃんと食べてくるし、バスだってひとりで大丈夫だから』

自信の漲《みなぎ》った明るい表情で出掛けていった舜の声が、いつまでも耳に残って消えない。

胸を掻き乱す雑念を誤摩化すように、机に肘をついた両手で顔を覆《おお》った。

「どうしたものか……」

まだ篠崎が院生だった頃。師事する須藤《すどう》教授が養子として迎えた少年は、母親やその交際相手から虐待を受け、心身ともに未発達な状態で保護されたということだった。

十六歳だというには彼はあまりにも幼く、無知で、そして篠崎が見てきたどんな人間よりも、無垢で不安定で儚《はかな》い存在に見えた。

『じゃあ、じゃあ……ずっと一緒にいてくれる？　僕をおいていなくなったりしない？』

縋《すが》るように差し伸べられた痩せ細った腕をとったとき、篠崎はこの頑是《がんぜ》なき存在を守ってやれるのは自分しかいないと強く感じたのだ。

彼の求めるままに身体を重ね、やがてその身体のうちに煌《きら》めく才能を認めたとき、篠崎の舜への想いは保護欲ではなく、別の醜《みにく》く歪《ゆが》んだ愛情へと変化していった。

ずっと自分の腕の中に閉じ込めていたい――。

舜を虐《しいた》げていた男と同じような願望を抱く自分に、篠崎は恐怖を覚えずにいられない。

だが、そんな黒い欲望とは裏腹に、篠崎の胸には須藤教授の想いを引き継いで、舜を立派な人間に育て上げなくてはならないという使命感も存在した。

限りない可能性を秘めた舜を、うんと高く、うんと遠くまで羽ばたかせてやりたい――。

胸の奥深くに燻《くすぶ》る嫉妬や独占欲と、舜の才能を世に広め、ひとりの人間として自立させなければならない――という二つの想いの板挟みに、篠崎はもう何年も苦しんでいる。

「……まったく」

第二詩集が発売され、舜がすすんで外の人間と関わるようになってからは、篠崎の苦痛はさらにひどくなった。

詩集が多くの人に読まれ、愛されていることはとても嬉しく、また誇らしくもある。大学でも徐々に周囲に溶け込み、友人と呼べる存在ができたことは喜ばしい限りだ。

それなのに、舜が自分以外の人間と親しくなり、その世界を広げていくのが許せない。

『自立してひとりでも生きていけるように……』

何よりも、舜がいつか自分の手許から飛び去ってしまうのではないかと思うと、夜も眠れぬほどの恐怖が篠崎を襲うのだった。


「恭平《きょうへい》、恭平……っ」

肩を揺すられるのと同時に、篠崎は右腕に鈍痛にも似た痺《しび》れを感じた。

「う……」

最近の寝不足がたたったのか、いつの間にか机に突っ伏して眠っていたようだ。

「大丈夫？　恭平」

「ああ……」

両目をギュッと瞑《つむ》ったり瞬いたりして、篠崎はゆっくりと身体を起こした。そして、心配そうに顔を覗き込む愛しい存在へ微笑みかける。

「大丈夫だよ、舜。少し居眠りしてしまっただけだ」

「だったらいいんだけど、玄関の鍵も開いたままで、『ただいま』って言っても返事がなかったら、どうしちゃったんだろうって心配したんだから」

大阪で熱を出した一件以来、舜は篠崎の体調を過度に心配するようになった。その気持ちは嬉しいのだが、自分のせいで舜の表情を曇らせ、不安にさせるのは本意ではない。

「で……？　新年会は楽しかったか？」

篠崎は椅子から立ち上がると、舜の肩を抱いて階下へ促《うなが》した。舜は素直に従《したが》い、嬉しそうに新年会の様子を話し始める。

「うん、料理もいろいろ出てきて……。あ、お酒は飲んでないから安心して」

リビングのソファにクッションを抱えて座った舜に、篠崎は淹れたてのココアが入ったマグカップを手渡して隣に腰を降ろした。

「はぁ……。やっぱり恭平のココアが一番おいしい」

ふーふーと息を吹きかけてひと口ココアを飲んだ舜が、満面に笑みを浮かべる。

「楽しかったなら、よかったじゃないか。……それにしても、舜。少し帰ってくるのが早いんじゃないか？」

壁にかかった時計を見やって、篠崎はまだ八時を過ぎたばかりだと気づく。当初、舜からは早くても九時半は過ぎると聞かされていた。

「だって、最初は楽しかったんだけど……」

両手でマグカップを包み込むように持ち、舜がちびちびとココアを啜《すす》りながら零《こぼ》した。

「途中から、恭平のことばっかり気になって仕方がなくてさ」

唇を尖《とが》らせたかと思うと、舜は照れ臭そうに目を伏せた。

「みんなには悪いなって思ったんだけど、我慢できなくなって帰ってきたんだ」

言い終えると、舜はちらりと横目で篠崎の反応を窺《うかが》い見た。

「……え」

あまりにも予想していなかった舜の言葉に、篠崎は声を失った。頬が強張り、瞬きするのも忘れてしまう。喜びとは少し違う感情が、篠崎の胸を満たしていった。

そんな篠崎の様子に、舜は叱られると思ったのだろう。

「勝手に帰ってきたんじゃないよ。ちゃんとみんなに謝ったし、挨拶だってしてて――」

慌てて言い訳する舜の身体を抱き寄せ、篠崎は細く頼りない身体を抱き締める。

「分かっているよ」

胸に溢れる想いに、名前をつけるなど無粋だと思った。

俺のために、帰ってきてくれた――。

口には出さず、篠崎は溢れる愛しさと言葉にならない感動に身を任せる。

「怒ってない？」

「どうして？　悪いことをした訳じゃない」

篠崎は無防備に身を預ける舜の手からマグカップを取ってローテーブルに置いた。

「だったら、よかった」

ホッと安堵《あんど》の溜息を吐く舜の栗茶色の髪を撫で梳《す》きながら、篠崎はほんの少し前まで身体の中で吹き荒れていた醜い感情が浄化されていくのを感じる。

「みんなといるのも、知らないことを知るのもとても楽しい。僕にはまだまだ知らない世界があるんだって思うと、ワクワクする。でもさ……」

篠崎の腕に手を添えて、舜が小さな声で告白する。

「どんなに素晴らしい世界だって、恭平がいなければ僕には意味がない」

声音こそ小さく頼りなかったが、舜の言葉は絶大な力を伴って篠崎の心を揺さぶった。

「——舜」

声がみっともなく震えるのを、篠崎は抑え切れなかった。

「恭平が、僕の世界で一番大切。一番好き。……ううん、好きなんて言葉じゃ軽すぎて、何回口にしても全然足りないくらいだ」

感情が昂《たか》ぶってきたのか、舜の声が徐々に大きくなり、熱を帯びてくる。

「だから僕の詩は、全部恭平のため……。恭平に僕の感じるすべてを知って欲しくて、伝えたくて、詩を書いているんだと思う」

篠崎の腕にしがみつくようにして、舜が上目遣いに訴えかける。

「分かってる？　恭平がこの大きな手で、こうして僕の頭や頬や……身体を撫でてくれるのが、嬉しくてどうしようもないんだ」

潤んだ瞳が間近で揺れるのに、篠崎は知らず喉を鳴らした。胸が昂ぶり、下腹が疼《うず》く。

「本当は、四六時中恭平といたいけど、それじゃダメだから……。恭平とこれからもずっと一緒にいるために、もっといろんなことを勉強して、いろんな人と関わり合って、そしていっぱい詩を書――」

熱く語る舜の唇を、篠崎は衝動のままに塞いだ。

「ん――っ」

乱暴な接吻《くちづけ》に、舜が一瞬身体をを硬直させる。しかし、歯列を割り開いて舌を吸い上げてやると、途端にくたりと弛緩《しかん》した。

「ふっ……ん、んぁ……」

ひとしきり舜の唇を貪《むさぼ》って、そっと口付けを解く。

舜が小さく肩を喘がせながら、戸惑いの滲んだ瞳で見つめた。

「……恭平、狡《ずる》い」

狡いのはお前だ――と言いかけて、篠崎は首を傾《かし》げて先を促した。

「だって恭平は、こうやって僕をすぐに幸せにしてくれるけど、僕はまだまだ恭平を幸せにしてあげられないだろ」

口惜しそうに唇をへの字に結ぶ舜に、篠崎は言ってやりたかった。

こうして腕の中にいてくれるだけで、充分に篠崎を満たしてくれているのだと――。

けれど、篠崎は胸にある想いを打ち明けなかった。

舜が、まだ至《いた》らないと考え、もっと篠崎に愛を与えてくれようとしているのなら、もっと欲しいと貪欲に求めたくなる。

「分かったから、舜。少し黙って……」

子供のように拗《す》ねた表情を浮かべる舜を宥《なだ》め、篠崎は再び愛しい唇を求めた。そして、そのまま舜の身体を抱え込んでソファに倒れ込む。

「あ……っ」

快楽に素直で敏感な身体は、一度の口付けだけでしっかり反応していた。篠崎が触れた舜の股間は、デニムの生地を突き破らんばかりに勃起している。

篠崎は着物の裾を忙《せわ》しげに寛《くつろ》げると、己の昂ぶりを舜のソレと摺《す》り合わせた。

「んっ……、あっ……恭平っ」

詩うことのできない篠崎は、無粋な言葉と指先や唇で舜に想いのたけを伝える。

「舜、愛しているよ」

篠崎は手早く舜のデニムの前を解放すると、勃起して濡れ始めたペニスを取り出した。

「んっ……あ、ぁ……あいして……る、恭平っ」

「舜……」

快感にうち震え、ひしとしがみつく舜のペニスと自分の性器を一緒に擦り上げながら、篠崎は辿々《たどたど》しく愛を告白する唇を塞ぐ。

「んっ……ふぅ」

自分ばかりがセックスに意味を求めていた頃とは違う、まさに情交を、篠崎は夢中で貪った。

「恭平っ……あ、あぁっ……すごぃっ！　んぁ……あぁっ」

繰り返される口付けの合間に、舜が咽《むせ》び泣くように嬌声《きょうせい》をあげる。篠崎に激しく抱かれて、淫《みだ》らで蕩《とろ》けるような甘い肢体が歓喜にうち震えた。

「舜っ……、愛しているよ。お前だけだ――」

こうやって身体を繋いだまままきつく抱き締め続けていれば、いつか舜をこの醜い欲望に満ちた身体に取り込んでしまえるだろうか――。

絶頂の予感を感じながら、篠崎は馬鹿げた妄想に自嘲《じちょう》の笑みを浮かべた。

「あ、きょうへ……ぃっ！　ダメ……あ、あぁ……っ」

ぶるっと全身を震わせて、舜がかわいらしい絶頂の表情を浮かべる。

はだけた着物の胸許に舜の白濁が飛び散るのを視界の端に認めながら、篠崎も数秒遅れて鮮烈な絶頂を迎えた。

情事の後に筆がのるのは、今も変わらない。舜は乱れた服をそのままに、ローテーブルの上でペンを走らせた。

「恭平、書けたよ」

自慢げに振り返って原稿用紙を渡す舜に、篠崎は目を細めて頷《うなず》いてやる。

受け取った紙には相変わらずの乱暴な字で、ひどく穏やかで優しい詩が綴《つづ》られていた。

「恭平と一緒にいると、不思議とそんな詩になるんだ」

情事の余韻《よいん》の残る気怠い身体が、舜の詩によって清められていくような錯覚を覚え、篠崎は何も言えずにただ頷く。

「恭平がそばにいてくれないと、僕はきっとダメになる。前みたいに、生きる意味も失って……詩も書けなくなるような気がする」

ソファに腰かけた篠崎の膝にことんと頭を載せて、舜が切なげな表情で見上げた。

「だから、恭平。もう一度約束して。僕のそばに……ずっと、一生いてくれるって――」

純粋で、まっすぐな栗茶色の瞳に、篠崎は微塵《みじん》も躊躇《ためら》わずに誓う。

「ああ、約束するよ」

やわらかな髪を撫でながら、篠崎は舜の愛を一身に受けることを許された幸福を神に感謝した。

「俺は一生、お前のそばにいる。お前だけを、愛し続けるよ――」

作家・イラストレーターの先生方へのファンレター・感想・ご意見などは
〒101-0063東京都千代田区神田淡路町2-2-2
白泉社花丸編集部気付でお送り下さい。
編集部へのご意見・ご希望などもお待ちしております。
白泉社のホームページはhttp://www.hakusensha.co.jpです。

花丸文庫 BLACK
准教授と依存症の彼
2013年8月25日　初版発行

著　者　四ノ宮 慶 ©Kei Shinomiya 2013
発行人　藤平 光
発行所　株式会社白泉社
〒101-0063 東京都千代田区神田淡路町2-2-2
電話 03(3526)8070[編集]
電話 03(3526)8010[販売]
電話 03(3526)8020[制作]
印刷・製本　図書印刷株式会社
Printed in Japan　HAKUSENSHA
ISBN978-4-592-85112-7

定価はカバーに表示してあります。

●この作品はフィクションです。
実在の人物・団体・事件などにはいっさい関係ありません。